Mirando al Sur,
antología desde el exilio

I0618298

Edición y prólogo de
Hemil García Linares

Mirando al sur, antología desde el exilio
Copyright © 2019 Editorial Raíces Latinas
Copyright © 2019 Hemil García Linares
Copyright © 2019 Todos los autores
raiceslatinas@verizon.net   editorialraiceslatinas@gmail.com
Editorialraiceslatinas.blogspot.com

ISBN: 978-0-9600795-1-3
ISBN-10: 0-9600795-1-3

Portada: "Tras las huellas de los ancestros" 22" X 30" Monotipo
©Martivón Galindo

Foto de contraportada: ©Kathya Sifuentes Rojas.

El Festival del libro hispano de Virginia es auspiciado por el proyecto cultural Raíces latinas (*) y se celebra anualmente durante la segunda semana de abril. Su primera edición tuvo lugar el 1ero de abril de 2017. Los autores seleccionados en esta antología son o han sido parte del festival y/o del taller de narrativa promovido por Raíces latinas.

El primer festival se celebró en el año 2017 en George Washington Middle School, Alexandria VA con el auspicio del Parent and Teacher Association y desde el año 2018 en George Mason University gracias a Student Media y Hispanic Culture Review. En el año 2019 el Departamento de Lenguas Clásicas y Modernas de dicha universidad se unió a Raíces latinas.

El festival ha tenido entre sus invitados a escritores internacionales como Alberto Chimal (México) y Luis Hernán Castañeda (Perú). También nos han visitado desde Francia: Aurora Vélez; de Chicago: Juanita Goergen, Fernando Olszanski; de Georgia: Kedhija Gahoum; de California: Martivón Galindo; de New York: Keila Val de la Ville; de Richmond, Virginia: Eugenia Muñoz Molano; de New Mexico: Teresita Dovalpage, de Texas: Walter Ángel Tejada; de North Carolina: Oswaldo Estrada y Miguel Chirinos, solo por citar algunos nombres.

*Raíces latinas se inició en el 2005 como una revista cultural para la comunidad hispana de Virginia, Maryland y Washington DC; el 2010 desapareció bajo el fantasma de la recesión. El 2012 retornó transfigurado como una antología de narrativa y poesía. El 2015 realizó otra antología y el 2018 un taller de literatura continuo.

Agradecimientos:

Agradecemos a los auspiciadores del Festival del libro hispano de Virginia: Hispanic Culture Review - Student Media, Glossa Translations (Silvia Rafti), Casa de la cultura El Salvador (Jeannette Noltenius) por facilitar la presencia de la poeta Martivón Galindo, Dr. Rei Berroa (Chair del Departmento de Lenguas Clásicas y Modernas de la universidad George Mason) por su decisivo apoyo logístico y la organización del ciclo de poesía. Gracias especiales a la División Hispánica de la Biblioteca del Congreso y nuestros amigos Suzanne Schadl y Carlos Olave por su aliento y palabras inaugurales en el 3er festival celebrado el 13 de abril de 2019 en la universidad George Mason.

Nuestra inmensa gratitud a Glossa Translations y a nuestra amiga Silvia Rafti por su apoyo con la presente antología y por facilitar la presencia del escritor Luis Hernán Castañeda.

A nuestros amigos periodistas en Washington DC: Sr. Pedro Palomino (Somos Baltimore Latino), Rafael Lazo (El Imparcial News) y Milagros Meléndez Vela (FreeLancer, ex El Tiempo Latino-Washington Post)

Índice

Narrativa

Poesía

Ensayo

Prólogo

Inmigración y exilio son dos palabras que, sin quererlo, se han hecho presentes de manera impuesta en el que escribe estas líneas y ahora, una vez más, realiza la labor de editor con la premura del que siente que debemos hacer más para impulsar el idioma español en los Estados Unidos. Aun tras dieciocho años aquí (arribé en febrero de 2000) siento que llevo el exilio conmigo: por lo que dejé, por lo que no pudo ser y aun habiéndome adaptado bastante y alcanzado metas, siempre existe una voz que susurra: "no soy de aquí ni soy de allá", como decía Cabral.

De manera accidental y quizás subconsciente, la palabra exilio la he usado siempre para poder clasificar (si existe clasificación posible) al trabajo que hacemos los que escribimos lejos del país de origen. De Ovidio a Cortázar el tema del exilio ha existido siempre en la literatura y tanto hispanos y peninsulares en Estados Unidos no hemos sido excepción a este destino.

En 1988 el escritor nómada Roberto Bolaño sostuvo en una entrevista con Sergio Paz que "para un escritor eso [el exilio] es una bendición. El oficio del escritor es un oficio de exiliados. Un escritor, de una u otra manera, siempre está al borde del exilio. Y el exilio es la quintaesencia de todo viaje. El exilio es o sería la perfección de escribir".

La presente antología usa la palabra Sur de manera irónica. No se refiere a sudámerica unicamente sino a todo lo que está "fuera" y Estados Unidos desconoce: México, centroamérica, sudamérica y España. El libro alberga a autores del proyecto Raíces Latinas (El festival del libro hispano de Virginia, el taller narrativo de Virginia –que incluso ha incursionado en Lima, Perú–y dos antologías previas a las que el lector tiene ahora entre sus manos) y autores que vienen uniéndose con una finalidad única: escribir y forjar fraternidad entre autores hispanos.

El académico Edward Said manifestó en su ensayo "Reflexiones sobre el exilio" (1984) que el exilio es "la grieta imposible de cicatrizar impuesta entre un ser humano y su lugar natal, entre el yo y su verdadero hogar: nunca se puede superar su esencial tristeza".

El año 2010 "conocí" en el internet al experto en inmigración y profesor emérito de español, Víctor Fuentes. El maestro Fuentes (madrileño de nacimiento y californiano por adopción) a quien tuvimos la suerte de traer a George Washington University en 2017 para celebrar "La semana de Cesar Chavez", me introdujo en este terreno casi etéreo que es la investigación sobre la literatura del exilio en los Estados Unidos.

Don Luis Leal (junto a Fuentes) fundaron la revista "Ventana Abierta" en el Chicano Studies Institute (CSI), University of California, Santa Barbara. En la edición 29-30 de Ventana Abierta, Leal afirmó que "Con la excepción de este o aquel artículo o libro sobre algún autor, hasta el presente no se ha llevado a cabo un estudio global de las obras de escritores latinos en español publicadas en Norteamérica". Partiendo de lo que plantea Leal, coincido en que no se ha investigado y que urge hacerlo. Es en este contexto que esfuerzos como esta antología nacen con la esperanza que la Academia mire lo que se gesta aquí, que a fin de cuentas es espejo y la herencia de la literatura hispanoamericana y peninsular.

En el libro California *Hispano-Mexicana: Una Nueva Narración Histórico-Cultural* (ANLE 2014) Víctor Fuentes citaba que los primeros españoles que llegaron a California en 1776 de México, antes que Estados Unidos lograra su independencia el 4 de julio, usaron la palabra exilio, cuando lo que buscaban en realidad era trabajo y un porvenir. En ese sentido, el exilio se refiere no necesariamente a emigrar por cuestiones políticas, sino diversas razones que fuerzan al ser humano y al escritor a desplazarse.

Estados Unidos es sin duda es uno de los lugares donde mayores escritores hispanos se concentran: vienen de México, pasando por Centroamérica hasta llegar a la Patagonia muy al sur, cruzando el atlántico hasta España y haciendo una escala en África (en Guinea Ecuatorial se habla español y es un idioma oficial). En Estados Unidos la lengua de Cervantes avanza de manera pausada, pero avanza. Recordemos que aquí han vivido Vicente Alexaindre, José Martí, Federico García Lorca, Cortázar, Carlos Fuentes, Juan Rulfo, solo por citar algunos autores.

Considero que no podemos hablar todavía de un boom como el sudamericano de los años 60 pues para ello se necesitarían voces de la talla de Fuentes, Vargas Llosa, García Márquez; también, que existan estudios acerca del español en los Estados Unidos y se creen y/o fortalezcan más proyectos literarios. Cada cierto tiempo escucho sobre un autor nuevo o una editorial con proyectos interesantes en Florida, North Carolina, Virginia, New York, New Jersey, Illinois, Texas, California y de seguro en muchos estados más. Sin embargo, en la actualidad los movimientos están dispersos y no se han generado bloques culturales donde varios festivales o editoriales organicen (organicemos) un evento multitudinario como las ferias internacionales de otros países.

Quizás el individualismo es parte de nuestra idiosincrasia observada desde la época de San Martín y Bolívar y el caudillismo sudamericano se traslada a toda esfera sin excluir fenómenos populares como el fútbol. Quizás sea tiempo de trabajar en equipo, imitar lo bueno de la cultura estadounidense: el trabajo en equipo, el tan mentado Teamwork.

La antología que se presenta no intenta reunir a "las mejores voces" o a "los escritores más importantes". En esta antología el lector encontrará autores reconocidos dentro de los Estados Unidos e incluso fuera de él. También hallará voces nuevas de narradores y poetas que anhelan ser leídos.

Siempre cuando nace un nuevo proyecto literario, surge algún crítico que hace hincapié en que el libro debió incluir a tal autor o quizás a este otro. Faulkner decía que no tenía tiempo para leer a los críticos y por ahora nos vamos a ceñir a esa premisa. Este libro no tiene como objetivo llegar solo al intelectual (recordemos a Rulfo cuando decía que le tenía miedo a los intelectuales y que cuando veía a uno le sacaba la vuelta), sino a todo lector en los Estados Unidos (si transciende más allá, enhorabuena).

Un informe del Pew Research Center del 2005 señala que más de 37 millones de personas hablan español en los Estados Unidos y se estima que para el 2020 la cifra puede fluctuar entre 37.5 a 41 millones. Este dato es revelador ya que supera a la población de cualquier país de Centroamérica y, salvo países como México, Argentina o Colombia, prevalece al resto de países hispanohablantes.

Cortázar recurrió a una metáfora pugilística para explicar la diferencia entre el cuento y la novela: "La novela siempre gana por puntos, mientras que el cuento debe ganar por nocaut"; por ahora intentamos transmitir el español a nuestros herederos y ganar por puntos.

Históricamente todo idioma "extranjero" ha desaparecido en Estados Unidos luego de la tercera generación. Le ocurrió al alemán, al italiano, al holandés, entre otros. De momento, el idioma español sigue resistiendo, punto por punto, fajándose y desde nuestra esquina lo alentamos. El tiempo dirá (aunque no lo veamos nosotros) el resultado de esa pelea desigual.

Con fraternidad literaria,

Hemil Garcia Linares

Narrativa

Luis Hernán Castañeda

Nació en Lima, Perú en 1982. Inició su carrera literaria en 2004 con la novela *Casa de Islandia*. Es autor de los libros de ficción *Hotel Europa* (2005), *Fotografías de sala* (2007), *El chamán y la sacerdotisa* (2007), *El futuro de mi cuerpo* (2010), *La noche americana* (2011), *Viaje al norte del verano* (2012), *La fiesta del humo* (2016) y *Mi madre soñaba en francés* (2018). Cuentos suyos han sido traducidos al inglés y al francés, y han sido recogidos en antologías diversas. Como investigador ha publicado el estudio *Comunidades efímeras: Grupos de vanguardia y neovanguardia en la novela hispanoamericana del siglo XX* (2015). Estudió Lingüística y Literatura en la Pontificia Universidad Católica del Perú, y realizó un doctorado en literatura latinoamericana en la Universidad de Colorado, en Boulder. Es profesor asociado de estudios luso-hispánicos en Middlebury College. Vive en Vermont, Estados Unidos.

Antonio

(publicado en *Fotografías de sala*, Lima: Alfaguara 2007)

La familia Benavides era una de las más antiguas y respetadas del balneario. El hijo, un pequeño de nueve años llamado Joaquín, tuvo alguna vez un perrito blanco de raza indefinida al que había bautizado como Antonio, nombre que generó cierta perplejidad por ser más adecuado – el argumento era esgrimido una y otra vez por la madre – a una persona que a una bolita de pelusa.

El señor Benavides tenía sesenta años de edad; Joaquín lo veía como a un personaje tétrico que iba siempre vestido de negro, como para asistir a un funeral interminable, invisiblemente distribuido en todos los actos de la vida. La señora Benavides era veinte años más joven que su esposo, y aunque Joaquín carecía de una opinión formada sobre ella, no podemos recriminárselo. Lo cierto es que, en su juventud, ella había sido una mujer de carácter, pero el trato diario con el señor Benavides había acabado por desdibujarla, esfumando sus rasgos y sus gestos.

El cachorro Antonio llegó a la casa en circunstancias inusuales. No era el primero ni sería el último de los perros de la familia, que gozaba de una reputación por la belleza de sus ejemplares. El señor Benavides los adoraba como si fueran sus hijos, e incluso más, pues su obediencia era absoluta. Cuando apareció Antonio, tuvo que compartir el espacio con tres rottweilers, tan sumisos y robustos como osos amaestrados, y con un pequeño schnauzer ladrador que había sido adiestrado en todas las artes y mañas de su raza. Los cuatro inquilinos, que se trataban entre sí como compañeros de dormitorio, habitaban una jaula al fondo del jardín, y solo se les permitía salir cuando llegaba un visitante dispuesto a dejarse impresionar.

Antonio llegó por casualidad y sin invitación. La mañana de un sábado, empezó a gimotear en la puerta, y cuando lo dejaron entrar se descubrió que estaba herido. A todas luces había sufrido algún accidente, pues llevaba una pata en alto. Era pequeño, y se notaba que al cabo de los años lo seguiría siendo. Su pelaje, blanco y esponjoso como la gamuza de los conejos, no coincidía con sus orejas, puntiagudas y negras, ni hacía juego con sus pequeños ojos, verdes y rasgados. El padre, experto en materia canina, dio tres respuestas aproximadas acerca de su raza, pero combinadas entre sí, el resultado era un híbrido innombrable. La madre concluyó que era un perro callejero, un ser peligroso y desamparado, y que lo más aconsejable era no acercarse demasiado, pues de seguro ocultaba enfermedades contagiosas. Sin embargo, el pequeño Joaquín, que hallaba fascinante la idea de que un perro careciera de dueño, cargó al cachorro en sus brazos y prometió cuidar de él hasta convertirlo en una mascota decente. La oposición fue tibia, pues los adultos se convencieron de que asumir la responsabilidad de la educación del perro sería provechoso para su hijo. Así, Joaquín tuvo libertad para escogerle un nombre, y estuvo pensando durante días hasta dar con Antonio, un bautizo irregular que fue tolerado con la indulgencia suspicaz que dispensamos a los niños.

Al principio, Antonio vivió dentro de la casa, acurrucado en una cajita con frazadas en la habitación de Joaquín. Desde el primer día, se negó a aprender los trucos que se esforzaban por enseñarle. Fue inútil ofrecerle huesos para recompensar una obediencia de la que parecía incapaz. Era remolón, ladino y despreocupado, y cuando no estaba robando el alimento de los otros perros, lo encontraban desgarrando los zapatos de la madre con un afán destructor que ella juzgaba premeditado. Entre sus vicios, el apetito desmesurado era el más detestable. Joaquín lo alimentaba a escondidas para silenciar sus ladridos, y llegó a engordar como si lo hubieran cebado. Convertido en una pelota nívea, renuente a cumplir la más sencilla de las órdenes, se paseaba como un monarca por su reino de excrementos y jirones de ropa, hasta que el señor Benavides lo confinó a la jaula de sus mayores, pero estos tampoco quisieron recibirlo. Como prueba de su rechazo, optaron por atacarlo entre los cuatro en una trifulca que despertó a la familia una madrugada. Casi lo matan, de modo que el padre le mandó construir una jaula individual. Joaquín vio con malos ojos esta solución penitenciaria y recurrió a todas sus armas para obtener el perdón, desde la más primitiva, llorar implorando piedad, hasta una que aprendió de la televisión, declararse en huelga de hambre, pero solo consiguió que le permitieran sacarlo a jugar durante algunas horas a su regreso del colegio. El resto del tiempo Antonio permanecía enclaustrado, mirando a través de los barrotes y esperando que el niño lo liberara de su encierro.

— No te preocupes — dijo el señor Benavides —, los perros chuscos se acostumbran rápido.

Fue durante este periodo cuando Joaquín desarrolló un hábito extraño. Cada tarde, después de llegar del colegio y de saludar a sus padres con el beso obligatorio, se quitaba el uniforme escolar de un zarpazo, despachaba las tareas, rescataba del jardín a un exaltado Antonio, y se encerraba con él en su habitación. Durante sus reclusiones, juzgaba una profanación que los adultos se entrometieran por cualquier motivo: si alguna vez le tocaban la puerta respondiendo a una curiosidad natural, o simplemente para avisarle que la cena estaba lista, el niño contestaba desde el interior con un chillido de roedor acorralado. Lo que hacía con Antonio en la soledad de su refugio era un misterio, y al parecer podía verse afectado por la más leve interrupción. ¿Por qué no jugaban a la vista de todos?, se preguntaban los padres. Entre las cuatro paredes que protegían su intimidad, podía estar ocurriendo cualquier cosa, indeterminación que excitaba la imaginación de los señores Benavides. Si Joaquín encontró una ocupación, ellos inauguraron un deporte: el de atribuir cada noche un pasatiempo distinto a los compinches invisibles.

Ignorante de sus cuchicheos, Joaquín había hallado un motivo para asistir a la escuela, que solía aburrirlo hasta las lágrimas, con una sonrisa expectante. En la biblioteca, refundida entre libros de matemáticas, descubrió una enciclopedia de perros que exponía, con precisas descripciones y fotos a todo color, la totalidad de las razas caninas existentes en el universo. Poco a poco, tomándose un recreo para examinar una raza en especial, fue enterándose de las diferencias que distinguían a unos canes de sus parientes. Era inevitable intuir, con una mezcla de pavor y regocijo, que cada raza descartada lo acercaba más, como las pistas de un caso policial, a su descubrimiento, la esperada posesión de la verdad sobre Antonio. Hasta que un día, después de abrir la enciclopedia de perros en la página marcada el recreo anterior, lo asaltó una revelación. La foto mostraba la cabeza y la cola tiesa, enhiesta como una antena. El resto del animal, blanco como la nieve que cubría la orilla cercana, estaba sumergido en las aguas del Atlántico, según rezaba una leyenda que incluía el nombre y el origen del perro.

— ¿Has oído hablar de los perros islandeses? — interrogó a su mejor amigo, un chiquillo de ojos adormilados que apenas si entendió la pregunta —. Son acuáticos. Pueden resistir temperaturas bajísimas gracias al pelaje, que está recubierto de una grasa especial. Usan la cola de timón y nadan kilómetros. Si se aburren, pueden bucear. Si están hambrientos, cazan un pez. Si sienten sueño, se toman una siesta, ¿y sabes cómo?, flotando panza arriba. Ya sé lo que quiero para Navidad — miró al techo fingiendo inocencia —. Son los mejores perros del mundo, y uno de ellos será solo para mí.

En la imaginación   de Joaquín, Islandia era una postal solitaria. Había una casa de madera, con una chimenea siempre humeante, frente a un jardín cubierto de nieve fresca. Desde el jardín, se podía llegar a una playa desierta. La casa estaba habitada por hombres vestidos con ropas blancas que pasaban los días leyendo enormes libros, y eran buenos y generosos como nadie podía serlo en el balneario. Algunas noches, Joaquín subía al techo de su casa y observaba las constelaciones de lucecitas diseminadas sobre los cerros, pensando que trazaban el mapa de una ciudad desconocida. ¿Así sería Islandia?, se preguntaba, ¿así sería? Entonces aparecía el sol iluminando las casuchas apiñadas, y la ilusión se desvanecía. Pasaron dos meses. Mientras Joaquín seguía buscando la forma de liberar a Antonio de manera permanente, el señor Benavides había alcanzado un veredicto:

– Es una obsesión – dijo una noche –. El chico debería salir más, buscar amigos de su edad. Hablar con alguien, por lo menos.

– Tú le has prohibido salir – intervino la madre.

– Ya lo sé. Pero me preocupa que esté con Antonio.

– ¿Qué problema hay en eso?

 – El otro día – rezongó el señor Benavides –, los estuve espiando. Me puse detrás de la puerta. Ya sé lo que hacen.

Tomó la cabeza de su mujer con ambas manos y le susurró algo al oído.

– Es imposible – dijo ella.

– Te lo estoy diciendo. Además, tú conoces a nuestro hijo.

La señora Benavides se volteó en la cama, dándole la espalda. Al rato, probó defender a Joaquín por última vez:

– Que haga lo que quiera. Yo lo apoyaré.

– Basta. Este sábado llevaré a ese demonio a la perrera, y que no se diga más.

Fue la madre la encargada de comunicarle las malas noticias al niño. Sucedió una tarde de viernes en la cocina, mientras el señor Benavides se empeñaba en darle cuerda a un reloj bañado en oro que había adquirido en una feria de antigüedades. Joaquín escuchó la acusación con los ojos en el piso y las manos tras la espalda, y de pronto sintió un ardor: se había raspado la palma de la mano de tanto rascársela con las uñas. Cuando terminó el discurso de la madre, el padre se acercó a acariciarle la cabeza. Joaquín dio las gracias en voz baja, pues aquella caricia señalaba el término del ritual. Entonces se dirigió a su habitación caminando con lentitud, contando cada uno de sus pasos, y cuando al fin pudo echarse en la cama, se había esfumado del todo aquel deseo extraño que se le había manifestado como una sensación de asfixia. En su lugar dejó un agujero cálido, que el niño empezó a llenar con los detalles del plan concebido tiempo atrás en previsión de una desgracia que sabía inevitable.

Apenas disponía de unas horas. A la mañana siguiente, su padre despertaría al amanecer, subiría al automóvil con Antonio y lo llevaría a un lugar oscuro y malvado, donde un hombre con un mandil manchado de rojo lo observaría con apetito a través de las rejas. El plan no era sencillo, pero si todo resultaba bien, Antonio podría respirar en paz, y todos los peligros que Joaquín corriera para lograrlo habrían valido la pena.

A la hora señalada, Joaquín se deshizo de los cobertores y fue a la habitación de sus padres. En silencio, robó la navaja suiza del cajón. Puñal de pirata, pensó, complacido y asustado. Luego salió al jardín, mojándose los pantalones de franela en la hierba, y liberó a Antonio de su cautiverio. El cachorro bajó la cabeza para dejarse enganchar la cadena de paseo. Estuvieron espiando durante diez minutos por el ojo mágico para comprobar que no había un alma en la calle. La niebla caracoleaba en la soledad, poblándola de fantasmas. Seguros ya, abandonaron la casa y empezaron a atravesar el balneario desierto, presintiendo que ingresaban en el vientre de un bosque, cuyas ondulaciones de pinares morían en la playa. Joaquín caminaba entre las fachadas silenciosas con una especie de fervor, y Antonio jalaba de la cadena por cualquier distracción que le saliera al paso: las sombras de las paredes le arrancaban ladridos medrosos, y los caracoles extraviados lo dejaban inmóvil, con una pata suspendida en señal de perplejidad. Al final del camino, cuando la niebla desgarró su cuerpo de muselina, apareció el mar, que se presentó ante la pareja como una contienda de infinitos plumajes verdosos en paciente ebullición.

La playa estaba vacía. Una luna rojiza presidía el escenario, y la arena parecía brillar. Las olas se deslizaban como delicados surcos, barridos por una brisa tibia, y los botecitos de paseo se bamboleaban sobre la superficie tersa. El muelle se proyectaba hacia un horizonte cubierto de niebla. Por primera vez en la noche, Joaquín esbozó una sonrisa de triunfo. Desenganchó a Antonio, lo cargó con dificultad, y empezó a deslizar sus pantuflas sobre las tablas del muelle. El cachorro había crecido en los últimos tiempos, pero se dejaba llevar como un recién nacido. Había dado unos veinte pasos, cuando el manto de niebla perdió su espesor, y entonces pensó que era posible celebrar la despedida. Apretó a Antonio, besó su cabecita de gaza y consintió que su mascota le lamiera la nariz. Proyectó al cachorro, que no cesaba de agitar la cola, por encima de la baranda, manteniéndolo en suspenso sobre las aguas negras. Tras un instante de vacilación, lo soltó. Sus manos quedaron vacías. Metros más abajo, en el punto del impacto, apareció una aureola de espuma blanca.

Esa misma noche, mientras todos dormían, Antonio navegaría hacia Islandia.

Teresa Dovalpage

Nació en La Habana y ahora vive en Hobbs, donde es profesora del New Mexico Junior College. Tiene un doctorado en literatura hispana por la Universidad de Nuevo México y una maestría en literatura española por la Universidad de La Habana. Es autora de tres colecciones de cuentos y nueve novelas publicadas, entre las que se encuentran *Muerte de un murciano en La Habana* (Anagrama, 2006, finalista del Premio Herralde), *La Regenta en La Habana* (Edebé, 2012) y *A Girl like Che Guevara* (Soho Press, 2004). La más reciente es *Death Comes in through the Kitchen* (Soho Crime, 2018), una novela policíaca que tiene lugar en Cuba. En 2019 saldrá *Queen of Bones*, también con Soho Crime. Teresa conduce el programa semanal bilingüe Música y Libros/ Music and Books en Radio T-Bird, la emisora del New Mexico Junior College.

SOMOS y el zumbido de Taos

(Una primera versión de esta crónica se publicó originalmente en *The Taos News*)

Antes de asentarme definitivamente en Taos, donde pasaría diez largos e interesantes años, fui de visita a la ciudad en febrero de 2008. Me había invitado a hacer una lectura de mi novela *A Girl like Che Guevara* (Soho Press, 2004) una organización llamada SOMOS. El nombre me sonó curioso: eran las siglas en inglés de la Sociedad de la Musa del Suroeste. Nunca había oído hablar de ellos, pero acepté agradecida la oportunidad de regresar, pues mi primer contacto con Taos, que había ocurrido unos meses atrás, me había dejado fascinada.

Cuando me enteré de que SOMOS organizaba lecturas de libros y eventos literarios con regularidad, me sentí en las nubes. Más aún cuando David Pérez, que entonces trabajaba para *The Taos News*, me hizo una entrevista que se publicó en Tempo. El día de la lectura, que tuvo lugar en el Museo Harwood, quedé gratamente sorprendida al encontrar alrededor de cincuenta personas reunidas allí. Mi experiencia con las lecturas en Albuquerque no había sido espectacular: si se aparecían diez, era una buena cantidad; quince eran multitud, y más de cuarenta…bueno, la verdad es que nunca tuve más de dos docenas de asistentes.

Pero la lectura de Taos fue fantástica por muchas otras razones, además de la cantidad de gente que asistió. Los organizadores (creo que la curadora en ese momento era Jean-Vi Lenthe, que también leyó parte de un libro suyo esa noche) habían asegurado música. Peter Merscher y su conjunto de tambores batá llevaron los ritmos afrocubanos al escenario. ¡Música cubana de verdad en un pueblito del norte de Nuevo México! ¿Qué más podía pedir?

Leí un fragmento de *A Girl like Che Guevara* que trataba sobre los orishas, las deidades afrocubanas que se veneran en Santería, y la manera en que se relacionan con los santos católicos. Por ejemplo, Yemayá, la orisha de los mares, se identifica con la Virgen de Regla. (Regla es una ciudad pequeña que queda al cruzar la bahía de La Habana.) Changó, el orisha del trueno y el relámpago, es nada menos que Santa Bárbara —y sí, un orisha macho, y Changó lo es a toda prueba, puede transmutarse en una santa mujer, aunque no en mujer santa. Oshún, la deidad a quien se invoca en caso de mal de amores, la Afrodita africana, es la Virgen de la Caridad, patrona de Cuba… y así, cada orisha tiene su contrapartida en un santo o virgen católico.

Alguien mencionó la diferencia entre los santeros cubanos, las personas que practican la Santería y creen en los orishas, y los santeros de Nuevo México, que son artesanos y fabrican santos de madera u otros materiales. Todos aprendimos algo nuevo.

Más tarde esa noche tuve el placer de conocer a Kyra Ryan, que había editado mi novela unos seis años antes, cuando yo vivía aún en San Diego. Ahora Kyra residía en Taos. Una coincidencia rarísima, ¿verdad?

—Algo así solo pasa en Taos —dijo alguien.

Cuando terminó la lectura, mi anfitriona y algunos de sus amigos me llevaron a comer. A Antonio's, uno de los restaurantes más populares, y con razón, del pueblo. Afortunadamente, para entonces ya había pasado el tiempo suficiente en Nuevo México para evitar una metida de pata como la de Michael's Kitchen, durante mi visita anterior a la ciudad, cuando llamé "pinche" al ayudante del cocinero, ofendiéndolo irremediablemente.

Pero, pese a mis progresos lingüísticos, todavía era una novata en el lugar. O al menos lo bastante novata como para espantarme ante uno de los fenómenos más peculiares de Taos. Estábamos disfrutando un platillo típico de Antonio's, guacamole fresco y preparado junto a la misma mesa, cuando escuché un murmullo de baja intensidad. Mi primer pensamiento fue "terremoto," y me espanté. Acababa de regresar de la Ciudad de México, donde viví un temblor que sacudió los platos del armario e hizo balancearse a las lámparas. Mis preguntas de miedosa recibieron respuestas tranquilizadoras:

—No te preocupes, mijita.

—Eso es nomás el zumbido de Taos.

—Tienes suerte de oírlo.

Curiosamente, no todos nosotros percibíamos el zumbido de la misma manera. A mí me sonaba como un ruidillo de baja frecuencia que apenas se notaba al cabo de un rato. Otros lo describían como el gruñido de un motor o de una bomba de agua. Algunos lo calificaban de molesto; otros argumentaban que era reconfortante. Dos no eran "oidores;" es decir, no escuchaban nada.

La conversación de sobremesa se concentró en el enigmático ruidito. Todos tenían su propia teoría. Lo más gracioso: no había dos teorías iguales. Aquí presento algunas:

Es una alucinación colectiva.

Todos los "oidores" tienen problemas de audición.

Es una nave extraterrestre que tiene su base en las montañas. (Mi favorita.)

Se trata de líneas eléctricas viejas que no funcionan bien.

Es un satélite secreto del gobierno.

El zumbido no era algo nuevo. En 1993 un equipo de la Universidad de Nuevo México había hecho una investigación. Entrevistaron a varios "oidores" locales y se hicieron pruebas con equipos de monitoreo de sonido, pero los resultados no fueron concluyentes. Nadie sabía de dónde venía el zumbido, aunque llevaba décadas sonando.

Cuando regresamos a nuestros autos esa noche, mi anfitriona me susurró:

—Si escuchaste el zumbido es cosa buena. Significa que Taos te está llamando.

¿Llamándome? Me parecía improbable. Yo planeaba graduarme de UNM esa primavera y ya estaba buscando un puesto en universidades de otras ciudades. No había vacantes en Taos. Yo nunca había vivido en un lugar donde nevara (¡donde nevara de verdad!) en el invierno. Además, ¿qué iba yo a hacer en un pueblo pequeño? ¡Soy una chica de ciudad!

Pero mi anfitriona estaba en lo cierto. Un año después mi esposo y yo vendimos nuestra casa en Albuquerque y nos mudamos a Taos, donde pude participar en muchísimos eventos de SOMOS y escribí seis novelas. Pero nunca más volví a escuchar el dichoso zumbido. Tal vez eso signifique que debo mudarme de nuevo a Taos y pasar unos cuantos años más allí.

Sofía Estévez

Poeta y escritora. Ha presentado su obra en EE. UU, México, El Salvador y Republica. Dominicana. Forma parte del colectivo literario Alta Hora de La Noche. Nació en Santo Domingo, Rep. Dominicana. Estudió licenciatura en Estudios Internacionales y maestría en Lenguas Extranjeras en la Universidad George Mason, en Fairfax, Virginia. Trabaja como profesora de español, traductora y editora. Vive en Alexandria, Virginia. Desde junio de 2018 forma parte del Taller de narrativa de Virginia.

La clase de educación sexual

Llegaron las vacaciones de verano, y me había ido a pasar unos días a casa de Carmen Rosa, nosotras éramos amigas del colegio y amantes de la lectura, pasábamos gran parte de nuestro tiempo leyendo, escribiendo poemas y practicando posturas de yoga que seguíamos en libros y videos. Nos gustaba tomar té de manzanilla en copas de flauta, y fumar cigarrillos quiméricos hechos de pajillas y rellenos de harina que soplábamos mientras leíamos en voz alta para tener apariencia bohemia, según nosotras.

Doña Carmen insistió en llevarnos a la casa de playa de su hermano sin ningún libro para que hiciéramos las cosas normales que hacían las adolescentes de nuestra edad. Llegamos a la playa bajo un sol que le derretía el espíritu a cualquiera, Carmen Rosa me dijo que no se podía bañar porque le había bajado la regla -en sus propias palabras- le expliqué como ponerse un tampón de los que yo había llevado, y ella procedió, encerrada en el baño, después de unos minutos salió bañada en sudor y con la cara descompuesta, y me dijo que se le había quedado atascado y no se lo podía sacar, la traté de ayudar tirando el cordoncito que le colgaba entre las piernas, pero no salió, ante la demora, llegó doña Rosa a tocar la puerta de la habitación y a preguntar qué estaba pasando, entonces, Carmen Rosa le abrió y le contó lo sucedido.

— *¡¿Qué te has metido qué por allá adentro, niña?!* —preguntó chillando doña Rosa.

— *Un tampón, es que me bajó la regla y quería ir a bañarme, pero creo que me lo puse mal.*

— *¿Y a ti quién carajo te ha dado permiso para hacer esas cosas? ¿De dónde has sacado semejante vaina?*

— *Se lo di yo, doña Rosa, los uso siempre que me viene la menstruación*—dije con calma.

— *Mira, Sabrina tú eres muy adelantada con tus cosas, a mi hija yo la estoy criando como me criaron a mí, tú cómo te atreves a hacerle eso a tu amiga. Capaz que las dañado.*

— *Mamá, Sabri sólo quiso ayudarme.* —respondió Carmen Rosa tratando de salvar la situación.

— *¡Esa parte del cuerpo no se toca con nada!* —, replicó doña Rosa.

— *¿Usted quiere decir la vagina, o la vulva?* — pregunté.

— *¡Te estás pasando Sabrina, yo soy una mujer casada y con hijos y jamás he dicho esas palabras!*

— *Pero si no tienen nada de malo son los nombres reales, en vez de cuca, popola, toto y esas otras cosas. Si le dijera a su hija las cosas como son, o la hubiera dejado ir a la clase de educación sexual no habría tenido problemas, ella no conoce su propio cuerpo.*

—*¡Ahora mismo, nos vamos de regreso y vamos a pasar por el doctor! ¡No te atrevas a tocarte Carmen Rosa que puede ser muy grave este asunto!* —la sentenció doña Rosa.

Recogí las pocas cosas que había sacado de mi mochila, doña Rosa agarró la caja de tampones y la pisoteó con un zapateo de furia que definiría el desenlace de esta historia, luego la aventó a la basura cual cucaracha asquerosa.

Nos montamos en el carro mudas, solo se oían los sollozos de la pobre Carmen Rosa, llegamos a la ciudad, nos paramos en el Hospital de la Mujer, entramos por urgencias con Carmen Rosa que parecía que estaba de parto caminando con las piernas abiertas. Doña Rosa le contó casi en secreto a la doctora el acontecimiento, pues insistió en que la atendiera una mujer, mientras sus ojos acusadores me perforaban. Finalmente, se llevaron a mi amiga con su mamá a una sala. Se tardaron tanto que comencé a preocuparme, cuando salieron Doña Rosa hervía de rabia contra mí, llevaba en una mano un sobre de papel manila y de la otra sostenía a su hija que no dejaba de proferir jipíos.

—*Carmenchu, que lo siento, no me imaginé que esto acabaría así*— dije tratando de consolarla.

—*Sabrina Díaz, nunca jamás vas a volver a juntarte con mi hija, eres una pervertida, y desde que te apareciste con tus poesías, tus porquerías de budismo y yoga y los inciensos apestosos esos, has ido haciendo de Carmen Rosa otra persona, pero hoy te pasaste.*

—*Pero si nosotras no le hacemos daño a nadie, leemos, practicamos yoga, meditamos ¿qué tiene eso de malo?* —le dije en buen tono.

— *Pues para que te enteres de una vez por todas, te voy a decir lo que pasó, ¿ves este papel que cargo?, es un certificado de virginidad que la doctora le tuvo que hacer a Carmen Rosa por tu brillante idea de que se metiera la cosa esa por ahí que la desgarró y echó a perder.*

— *Si Carmen Rosa está bien, eso no es un problema*—, me atreví a contestarle.

—*¿Ah no? Entonces cuando se presente a la noche de boda toda rota y le reclamen, tiene que tener una explicación válida que dar, ¿no crees?* —*m*e aclaró.

— *Mire señora con todo respeto, Carmen Rosa es mi amiga querida, y usted le tiene la cabeza llena de basuras y miedos. El día que ella encuentre un hombre y la quiera bien, la va a querer a ella entera sin importarle si alguien le tocó el himen, el clítoris o las tetas, si no, es un machista pendejo buscando trofeos*— le repliqué en el mismo tono que ella me había hablado.

—*No te atrevas a decir una sola palabra más, eres una insolente de la mierda que no sabe nada de la vida, y no te dejo en la calle ahora mismo porque vamos a acabar de resolver este problema y yo soy una mujer responsable, te voy a entregar a tu madre y a contarle lo que ha pasado.*

—*¡Le está arruinando la vida a Carmen Rosa!* —le grité.

— *¡Súbete al carro, ya!, vamos a ir a un abogado para que testifiques cómo pasaron las cosas y lo certifique, después te llevo a tu casa.*

Llegamos al bufete de abogados, nos atendió un amigo suyo con el que habló a solas, primeramente. Conté lo ocurrido con lujo de detalles, insistí en nombrar despacio las partes del cuerpo por su nombre, para la vergüenza de doña Rosa. —*La vul-va, los la-bios de la vul-va, la va-gi-na*—dije pronunciando cada sílaba con claridad.

Aclaré, y Carmen Rosa lo confirmó, que yo no la toqué, ni siquiera estábamos en la misma habitación cuando el incidente ocurrió, una secretaria que se mordía los labios para no estallar de la risa mecanografió el evento, una vez listo, firmamos las tres y el abogado, éste entregó el documento notariado a doña Rosa quien lo guardó en el sobre manila junto al certificado de virginidad.

Salimos al parqueo juntas, Carmen Rosa me miraba desolada y yo sentía una gran tristeza por ella, por esos padres imbéciles que le habían tocado, y por su incapacidad de rebelarse contra ellos. Cuando llegamos al carro, doña Rosa la ayudó a subirse como si acabase de parir, luego subió ella, yo abrí la puerta trasera y recogí mis cosas.

- ¡*Súbete, malcriada!* —bajó su ventana y me gritó.

- ¡-*Vagina, pene, glande vulva, clítoris, coito, testículos, culo, nalgas, tetas, ovarios, penetración, erección, menstruación, semen!* Le grité con todas las fuerzas de mi ser, mientras veía a mi amiga reírse por última vez.

Doña Rosa subió su ventana, y comenzó a maniobrar su carro como si fuera a escaparse de un asalto a mano armada, mientras yo le voceaba a voz en cuello mi estribillo hasta que las perdí de vista.

La visita

María Virginia era una niña aplicada en el colegio, devota de la virgen y obediente, jamás cuestionaba a sus padres. Por eso no se opuso cuando los padres le dijeron que no podía enamorarse hasta que cumpliera quince años, al contrario de su vecina y amiga secreta Teresa que llevaba una lista de noviecitos más larga que la de años cumplidos. Joaquín Peña y Milagros Cruz de Peña habían criado a su única hija con muchos sacrificios en colegios católicos, clases particulares de inglés, y etiqueta y buenos modales para que lo que le faltaba de fortuna, le sobrara en educación y roce social; ambos apostaban tácitamente a dicha inversión que esperaban se pagaría a la hora de elegir a un marido, pues muchachas con tantas cualidades no es que abundaran en estos tiempos donde reinaba la desfachatez.

Mariví, trabajaba en la pastelería de doña Milagros después del colegio, así que había aprendido a hacer panes, tartas, bizcochos, galletas y todo tipo de bollería imaginable. Sospechaba que su vida era aburrida porque nunca podía hacer nada de lo que hacían sus compañeras del colegio, sus primas eran mayores y tenían sus vidas hechas, amigas no podía tener, excepto por Teresa, pues los padres le habían arreglado la existencia de una manera tal que no le quedaba tiempo. Cuando no estaba estudiando, trabajaba, iba a la iglesia, o rezaba rosarios con su mamá y sus tías. A Teresa la había conocido porque uno de los martes que sus padres iban a la reunión de matrimonios en la iglesia, ésta se presentó a la puerta.

— *Quiero ser tu amiga, me da pena que pases encerrada, ¡tienes que quitarte esa ropa de monja que llevas, es horrible!, eres bonita y te estás perdiendo de gozar tu juventud.*

Desde ese instante, siempre se reunían todos los martes, Teresa le contaba sus historias a Mariví quien escuchaba fascinada.

-*Raquel Rodríguez va a tener una fiesta de cumpleaños mamá, y me ha invitado*— dijo Mariví con naturalidad, dejando caer la invitación sobre la mesa del comedor, y con el anhelo de que la madre respondiera de la misma manera.

- *Hijita, esas amistades no te convienen. Todo el mundo sabe que esa niña tiene mucha libertad y no anda en buenos pasos. Es más, está desacreditada, no vale una guayaba y la culpable es la madre que es otra loca y se atrevió a divorciarse y a casarse de nuevo. Imagínate, ponerle un padrastro más joven que ella a sus hijas, el final de esa historia ya se conoce.*

-*Mamá, Raquel es generosa, es muy amable conmigo, y la gente la juzga mal. No es hipócrita y dice lo que piensa*—se atrevió a decir Mariví.

- *¿De cuándo a dónde te atreves a cuestionarme María Virginia? Soy tu madre, y mientras yo viva en esa casa no pones un pie y sanseacabó.*

La fortuna le sonrió a Mariví cuando en la clase de inglés conoció a Juan Carlos Dueñas que era guapo, despeinado, fumador y bruto, de hecho, se hicieron amigos cuando ella comenzó a ayudarlo, pues no daba pie con bola con las composiciones y lecturas que les dejaban de tarea. Le contó como había tenido que salirse de la Escuela Americana, ya que
no sabía suficiente inglés para llevar las clases. Platicaban y hacían tareas después de clases y muchas veces en vez de tomar un taxi a casa, él la llevaba y la dejaba una esquina antes, como le había sugerido Teresa. En unos meses, se hicieron novios, y Mariví se lo quiso contar a sus padres, ya tenía dieciséis años.

-*Quisiera decirles que conocí a un muchacho en la clase de inglés, es un buen chico, me gusta mucho, bueno, ¡es mi novio!* — soltó de un tirón Mariví.

- *¿Novio? Eso no es así, si te dejaste tocar estás perdida, primero te besa, después te mete la mano en la blusa, te agarra una teta, después te toca allá abajo y quedaste embarazada, se desaparece el hombre y te arruinaste para siempre*— le dijo don Joaquín en un tono y a un volumen que Mariví desconocía.

- *¿Qué? Juan Carlos Dueñas sería incapaz de hacerme eso*— les gritó Mariví a todo pulmón, llena de coraje.

Si ellos supieran que la que le desliza la mano dentro de su pantalón soy yo a él, se morirían. Yo le expliqué a Juan Carlos que le había hecho una promesa a la virgen de no dejarme tocar hasta el día de mi boda, él comprendió, y la respetó.

A doña Milagros se le iluminaron los ojos y con una sonrisa le preguntó:
- *¿Juan Carlos Dueñas Roble?*

-Sí, y ¿tú lo conoces mamá, de dónde?, él no los conoce a ustedes.
-Hijita, su familia es muy conocida, son muy influyentes- replicó doña Milagros con la alegría de alguien que se ha ganado la lotería.

-Nunca hemos hablado de lo qué hacen o tienen sus padres, sólo me dijo que su papá trabaja en un banco y que su mamá está enferma. No sé nada de nadie, ni me importa— dijo desesperada.

*- Lo tenemos que invitar para que vea que somos personas decentes, y sí quiere tener algo contigo que sea formal, nadie se va a aprovechar de ti—*expresó don Joaquín con mejor tono.

-Mi'ja el papá es el dueño del banco, no es un empleado cualquiera— observó doña Milagros aparentando tranquilidad, cuando por dentro llevaba una procesión.

Las dos siguientes semanas se limpió la casa a fondo, se pintaron las paredes que se iban a ver durante la visita, se tomaron unos cuadros prestado de la casa de la tía Lilian, se plancharon y almidonaron manteles y servilletas de lino; la casa lucía impecable, sencilla, pero acogedora. El gran día de la visita hornearon tartas y pasteles, compraron flores, amarraron el perro y encerraron el perico. Doña Milagros se esmeró en su arreglo personal tanto que parecía ella la enamorada, Mariví estrenó un vestido, se soltó el pelo. Eran las 5:15 de la tarde y Juan Carlos no había llegado, cada uno sufría en silencio por diferentes razones que fluctuaban entre: la de inversión económica, el escalamiento social y la desilusión amorosa. A las 5:23 exactamente, sonó el timbre de la puerta, y el alma de cada uno volvió a sus respectivos cuerpos.

Juan Carlos Dueñas Roble hizo su entrada triunfal, Mariví estaba nerviosa, más que nada por sus padres que habían hecho de la visita un evento formal y estaban más entusiasmados que ella misma. Se saludaron, Juan Carlos trajo una caja de bombones para la madre, se comportó con mucha naturalidad. Comieron las delicias que doña Milagros había preparado cuidadosamente con sus propias manos.

-*Nosotros quisiéramos saber, ¿qué intenciones tiene Ud. con Mariví?* —, dijo el papá con mucha formalidad.

Juan Carlos se sintió fuera de sitio, sin saber qué decir. Nunca había pensando en nada sobre su relación con Mariví, sabía que era una muchacha buena, bonita y que lo ayudaba a hacer las cosas que él no podía hacer por sí mismo como esas tareas engorrosas de inglés. Ella fue la que le propuso que fueran novios, y él le dijo que sí, y la verdad es que no estaba arrepentido pues se ocupaba de él y no le pedía mucho a cambio.

-*Podría pasar al baño un momento por favor, ya regreso-, fue* lo único que atinó a decir el invitado.

El minuto mismo que Juan Carlos se desapareció de vista, madre e hija abordaron al padre que si lo había asustado, por un lado, que, si lo había espantado para siempre por el otro, y así una retahíla de reclamos interminables.

Por su parte Juan Carlos estaba en el baño, se quitó el cabello sudado de la frente, se miró fijamente a los ojos, pensó en la pregunta una y otra vez, sin encontrar respuesta pues el nunca había tomado una decisión en su vida, alguien siempre le resolvía sus asuntos. Se inclinó sobre el lavamanos, le dio vueltas al grifo, puso sus manos debajo con la intención de echarse agua en la cara, pero lo que salió fue mierda a borbollones, se dirigió a la bañera para limpiarse y de ahí salió otro chorro de excrementos. En un abrir y cerrar de ojos, la bañera estaba desbordada, salió con la ropa salpicada, los zapatos embarrados, al llegar a la sala vio que las paredes sudaban caca, también, mientras don Joaquín y doña Milagros trataban de limpiarlas sin éxito alguno -había un montón de paños sucios en el piso- quisieron explicarle que no sabían qué estaba pasando, Mariví se había refugiado en su habitación mirando desconcertada como defecaban las paredes. Juan Carlos, chorreado de mierda de pies a cabeza, se marchó sin despedirse.

A las 3:12 minutos de la mañana sonó el teléfono, doña Milagros respondió, creyendo que aún podía salvar la situación. Respiró profundamente, albergaba un milagro en su corazón, tal vez era Juan Carlos que los exculpaba de los eventos inexplicables que habían vivido, que les decía que a pesar de todo seguía amando a Mariví, que comprendía que cosas así suelen pasar y uno no sabe por qué.

-Esta es una llamada por cobrar desde una cárcel, un preso quiere hablar con Ud., presione el uno para aceptar la llamada, o presione el dos para rechazarla—dijo la operadora con voz militar.

Doña Milagros rechazó la llamada, había vivido las horas más largas y espeluznantes de su vida. Yacía en la cama al lado de su esposo quien roncaba entre sollozos, un rosario corría por sus dedos. La defecación había culminado, el hedor inundaba el cuarto, pero ya nada importaba.

Oswaldo Estrada

Escritor y ensayista. De origen peruano, vive en los Estados Unidos desde los catorce años. Es profesor de literatura latinoamericana en la Universidad de Carolina del Norte, en Chapel Hill. Es autor o co-autor de siete libros, como *La imaginación novelesca. Bernal Díaz entre géneros y épocas* (Iberoamericana /Vervuert, 2009), *Ser mujer y estar presente. Disidencias de género en la literatura mexicana contemporánea* (Universidad Nacional Autónoma de México, 2014), *Senderos de violencia. Latinoamérica y sus narrativas armadas* (Albatros, 2015) y *McCrack: McOndo, el Crack y los destinos de la literatura latinoamericana* (Albatros, 2018). Su libro de ensayos más reciente es *Troubled Memories: Iconic Mexican Women and the Traps of Representation* (SUNY, 2018). Sus textos de creación han aparecido en revistas como *Pembroke Magazine*, *Rio Grande Review*, *Border Senses*, *Hiedra Magazine*, *Literal: Latin American Voices*, *Chiricú Journal: Latina/o Literatures, Arts, and Cultures* y *Suburbano*, entre otras. Su cuento "El hombre y el mal," traducido como "A Man of Illness," ha sido seleccionado para participar en la exhibición de ARTE LATINO NOW 2019 de Carolina del Norte, que tendrá lugar en Queens University of Charlotte. Acaba de publicar *El secreto de los trenes* (Universidad Autónoma Metropolitana, 2018), una adaptación para jóvenes lectores de "El guardagujas" de Juan José Arreola.

El hombre y el mal

Nació así, con el mal incrustado en el pecho. Y aunque los médicos le aseguraron a su madre que lo superaría en la adolescencia, con cada crisis aprendió a vivir más cerca de la muerte. Extrañaba entonces el barrio, el olor del pan recién hecho y la garúa borracha de nostalgias y sueños incumplidos. La ropa húmeda. Hasta los apagones que le enseñaron a reconocer el mundo en la oscuridad. O el agua juntada en garrafas, ollas, bidones.

Le dolía el pecho. Sobre todo, cuando leía el periódico y veía que todo seguía igual. O peor. Atentados en la capital. Secuestros. La explosión de un coche lleno de dinamita en una calle residencial. Odiaba el olor de la tinta deshaciéndose en el sudor de sus manos, pero volvía a él como penitencia. Su madre solía abrigarle los pulmones con hojas de papel periódico, y lo mandaba al colegio con las noticias pegadas al cuerpo. Cualquier otro niño de nueve años se hubiera rebelado ante ese martirio, pero su madre lo hacía con tal fervor, planchando el periódico para aplicárselo caliente con un ungüento traído de la selva, que se resignó a quitarse los pliegos secos a lo largo del día. En el paradero del autobús. En el baño, a la hora del recreo. Tocar el periódico era volver al infierno, pero también a la casa y al claustro circular donde cantaba los lunes el himno nacional, a veces lloroso por las bombas lacrimógenas que llegaban hasta los muros del antiguo colegio.

El dolor era tan intenso como el de su bronquitis asmatiforme. La angustia de no poder respirar y un vacío aniquilante. Una zanja en el centro de la caja torácica por donde se le iba la vida cada vez que tosía. Nada lo calmaba. Sólo a veces las manos en el pecho con las que intentaba arrancarse los pulmones para liberarse de la mucosidad.

Y así como un día sentía morirse, después de algunas noches interminables en que se detestaba por ser tan enclenque y maldecía al mundo por haberlo parido, se levantaba sin síntoma alguno. Tal vez una leve tos. El rostro demacrado. Las ojeras del insomnio. Pero sobre todo la sensación de haber sobrevivido una guerra.

Te ves bien, le decían sus amigos, palmeándole la espalda. Y a partir de entonces comenzaba un nuevo ciclo. No era el mismo. O sí. Sólo que mucho mejor. Sacudiéndose las saudades por encima del hombro, salía por la puerta con la determinación de empezar otro capítulo. Vuelta de página.

Adiós. Olvido. Era su método de supervivencia, un ejercicio macerado con esmero. Así se adaptó a la nieve del Norte. A los calores inmamables del Sur. Al viento gélido de los grandes lagos. A otros sabores y acentos que degustaba de camino al trabajo, en el metro. En el supermercado.

Se sentía mejor cuando dejaban de preguntarle de dónde era. Cuando de pronto se encontraba ahí, sentado en el bar, conversando con cualquier vecino. Tomando una cerveza local. Discutiendo la calidad de este queso. Recomendándole a alguien un vino. Ni él mismo sabía en qué momento ocurría esto. Respiraba hondo, sin el terrible silbido de las noches en que su madre intentaba curarlo con algún remedio casero o cuando él, ya grande, bebía frascos enteros de *Formula 44*.

En vez de corregir a la gente que pronunciaba su nombre como el número uno, le gustaba entonces sentir que ese *One* también era él. O el único él. Para ahorrarse las preguntas, el malestar de una jota en la lengua de ellos se presentaba así, imitando su acento. Y de pronto era Uno, sólo UNO. Como el juego, les decía, invitándolos a reírse con él.

Estuvo a punto de casarse con una chica que lo llamaba John. Pero después de unos meses se arrepintió. Se sentía tan extraño en esa mesa donde los padres de ella servían descomunales trozos de pavo, pasteles de calabaza, dulce de cerezas.

—Si no te gusta la comida, cariño, no tienes que comerla, le dijo al oído con esa vocecita melosa que lo despertaba por las mañanas para hacerle el amor con entrega y vocación.

—No, no es eso, le respondió aturdido, sin saber cómo explicarle que el mal había vuelto. No era la comida, pero sí el suegro entregado a identificar en voz alta y en español los platos, los cubiertos, como para que él lo aplaudiera por haber aprendido la lección. Cuchara. Cuchillo. Tenedor.

—¿Estás seguro de que se dice Cuchillo y no Cochío?

—Sí, señor. Se dice Cuchillo.

—Qué raro. Yo siempre he dicho Cochío, le dijo decepcionado y poco convencido.

El mal había vuelto. Lo sintió mucho más cuando los señores lo presentaron con otros invitados a la cena de Acción de Gracias como el prometido de su hija y él sintió ahogarse en esa familia, en sus fines de semana sentados frente al televisor viendo el partido, comiendo nachos, perros calientes, bolsas gigantes de papas fritas, alitas de pollo picantes y costillas embadurnadas de miel y salsa de barbacoa.

Lo siento, le dijo esa noche. Y cortó por la sano. El malestar le duró varias semanas en las que otra vez se sumió en el dolor. Le dolía ahí. Sentía ese frío pulmonar tan conocido. Tosía. Se doblaba por los rincones. No se hallaba en ninguna parte. Quería volver, aunque fuera a lo mismo. Me duele el pecho, le contaba a su madre por teléfono, para no decirle la verdad. Si estuvieras aquí, le decía, me harías ese caldito de ajo. El emoliente. No, lo animaba ella. Las infusiones de eucalipto y huamanripa. Abrígate hijo. Allá no tienes quién te cuide. Pero estás bien, tienes trabajo. Estás vivo. Cuántos hubieran querido salir como tú y no han podido.

La vieja tenía razón. Volver sería una locura. Tanto que había costado el viaje, el cruce por esos matorrales donde Dios no existe. Y el hambre. Pedir empleo. De lo que sea. Todo era cosa de buscar nuevos aires. Usar el inhalador. Encontrar otra gente, otro trabajo. Un lugar distinto.

Cuando sentía que le venía el acceso, metía cuatro trapos en una maleta y se iba. Me han ofrecido otro trabajo, les decía a los compañeros. Allá pagan más. No hace tanto frío. No le importaba dejar a los nuevos amigos, a la gente con la que había celebrado cumpleaños y llorado la muerte de sus parientes. Las novias eran reemplazables, se consolaba, aunque estuviera enamorado de Martha y se hubiera acostado con Susana, la amiga de ella.

Se acostumbró a eso. A mudarse a cada rato cuando comenzaba a sentirse a gusto. Cuando dejaba de extrañar. A veces ni él mismo quería mudarse. Pero decía tengo que hacerlo. Me están esperando. Me tengo que ir.

Cuando no podía irse de inmediato, se juntaba con otros que también padecían del mismo mal. Se reunían un viernes, un domingo. Preparaban sus comidas y se disculpaban porque el potaje no había salido igual que en casa. Es que allá las papas son más ricas, decían. Aquí el pollo sabe distinto. Y lloraban con los valses del ayer. Sufrían a sus anchas, a media luz, acompañados de palmas y guitarras. *Cuando te vuelva a encontrar* se arrancaba uno, y a coro cantaban todos *que sea junio y garúe.*

Así se le fue media vida. Errante. Perdido. Echando raíces por todas partes y arrancándose de tajo una y otra vez. Murió su madre. Construyeron edificios en el barrio al que nunca volvió. Y él siguió fluctuando entre ser y no ser. Llevaba su enfermedad con la dignidad de los que vuelven de la batalla y lucen orgullosos sus muñones, la ausencia de un brazo, el amor patrio en una silla de ruedas.

—¿Y entonces por qué te quedaste, papá? Le preguntó su hija una tarde en que lo sacaba a pasear del brazo. ¿Por qué te quedaste después, cuando pudiste volver?

—Por ti, le dijo. Cuando tu madre y yo supimos que estaba embarazada me puse a llorar como un niño. Me quise quedar. Pero no como Uno. Ni Johnny. Ni *One.* Quería ser tu papá, aunque para eso tuviera que deshacer para siempre la idea de regresar. Cuando naciste —tose, se ríe, y vuelve a toser— le pregunté a la doctora si habías heredado mi mal.

—Es muy pronto para saberlo, me dijo. Casi siempre las enfermedades respiratorias se desarrollan al año o año y medio. Depende de varios factores. El desarrollo de algunas alergias, cierta predisposición genética, el ambiente en el que la niña crezca.

—Pero yo soy asmático de nacimiento.

—Tendremos que observarla con cuidado. No se preocupe, señor. Si ha heredado su mal, ahora hay mil maneras de combatirlo. Inhaladores, vacunas preventivas. Nutricionistas expertos en enfermedades respiratorias.

Le cuesta creer que sea posible una vida sin ungüentos, infusiones, baños de bajo vientre, periódicos planchados, brebajes selváticos. La posibilidad de que el mal muera con él. No más crisis ni accesos. Ni noches interminables por la tos o los toques de queda. Ni una terrible explosión. En la calle. En el pecho.

—¿Y se arrepiente, don Juanito, de haberse quedado? Le preguntó su hija, haciéndole una caricia en la cabeza ausente de cabellos.

—No, le dijo el hombre. Tienes los pulmones de tu madre. Heredaste su vocación para la felicidad. Tosió con dolor, agarrándose el pecho. La miró hondamente y recordó en un instante sus dos coletas. El día que la llevó a la escuela y se puso a llorar para que no se fuera.

Hemil García Linares

Hizo un postgrado en periodismo y obtuvo una maestría en español en la universidad George Mason. Trabaja en la escuela secundaria Falls Church High School en el condado de Fairfax, Virginia y es instructor en Georgetown University

Ha sido instructor de español en George Mason University y George Washington University.

Publicó *Cuentos del norte, historias del sur* (2009, 2017) *y* las novelas, *Sesenta días para abandonar el país* (2011) y *Aquiles en los Andes* (2015)*,* las antologías, *Raíces latinas* (2012), *Exiliados* (2015) y Mirando al Sur (2019). Ha publicado su obra en Canadá, Estados Unidos, México, Argentina, Perú, Francia, España y Dinamarca.

Presentó su libro *Cuentos del norte, historias del sur* en Lima, Virginia, DC, New York, Connecticut y en Bilbao (España).

Es el fundador y director del Festival del libro hispano de Virginia. Es creador y coordinador del primer taller de narrativa en español en Virginia.

Es Colaborador de la ANLE, ACADEMIA NORTEAMERICANA DE LA LENGUA ESPAÑOLA.

Su campo de investigación es la literatura en español y la inmigración hispana en los Estados Unidos.

Un escritorzuelo cualquiera

Yo sé que usted no me va a creer lo que le voy a decir, pero me importa un carajo lo que piense; si tú (disculpe que lo tutee) estás leyendo esto en un libro, sabes que encierra alguna verdad. Por algo lo han publicado. Bueno hazme caso o no, ese es tu problema.

Sé que eres joven y quieres ser escritor. En el fondo todos los que leemos queremos serlo. Yo también he tenido tu edad y aunque soy joven todavía, ya no tengo dieciocho años.

Igual que tú me desvivía pensando qué se necesitaba para ver mis obras en las librerías, cómo lo hacen ellos, los publicados. Pues bien, yo un día descubrí cuál era el secreto de esa bribonada llamada literatura y como no tengo nada que perder te lo voy a contar.

Yo participé en varios concursos de cuento y poesía del Perú sin ningún éxito y ni siquiera quedé finalista o en el peor de los casos pude obtener una modesta mención honrosa para ponerla en Facebook como hoy se estila. Sin duda, mis escritos eran un desastre y lo único que hacía bien era chupar en algunos bares de mala muerte en Barranco y también en algunos cuchitriles del Centro de Lima. Los viernes por la madrugada llegaba a casa haciendo ziz zag, evadiendo sombras e insultando a enemigos literarios imaginarios. Aún ebrio no conciliaba el sueño, sino que miraba mis manuscritos, testamentos claros de mi fracaso que legaría a mis hijos. Esto último, en el eventual milagro que encontrara alguien que se fijase en un pobretón como yo.

En el taller de cuento que hacía con el profe Santos recibí una separata que contenía una entrevista a Faulkner y varios cuentos. Uno de ellos creo que era "Una rosa para Emily". Intenté leerlo, pero me quedé dormido mientras Santos hablaba del simbolismo y la alegoría.

La entrevista sí llamó mi atención. Según leí, cuando Faulkner era joven le mostró un manuscrito a un autor publicado y este le prometió hablar con su editor si no le tocaba más el tema. Es más, el escritor publicado se fue espantado al saber que Faulkner quería ser escritor como si la literatura no fuese una musa bella sino una bruja horripilante vestida con la piel de un bagre. El escritor cumplió y Faulkner fue publicado. Se desconoce si hablaron del libro.

Yo quedé fascinado con esta entrevista en la que Faulkner decía que le importaba una mierda la crítica, que su mejor trabajo había sido ser administrador de un prostíbulo, y que un autor no necesitaba independencia económica. ¿Era todo esto cierto?

Mientras mis amigos desfallecían analizando el simbolismo y necrofilia del cuento Faulkneriano "Una rosa para Emily", yo pensaba: ¿A quién cuerno le pido que me publique? ¿A mi profesor del taller? ¡Pero si el pobre publicaba con unas editoriales de quinta! Las páginas de sus libros mal editados se caían como los pelos de un calvo. Sí, así calvo acabaría yo si hacía algo al respecto.

Yo no quería seguir siendo un escritorzuelo cualquiera, quería ser conocido. En la universidad me junté con Josué, otro tipito como yo; él decía ser poeta y usaba cabello largo. Empezamos a parar juntos y nos conseguimos unas chaquetas negras y llamarnos los Protones (porque llevábamos una carga electrónica positiva de pura poesía). En el Jirón Quilca compramos unos libritos de Baudelaire y Rimbaud. Conseguimos unos poemitas en fotocopia de El Conde de Lautremont, y un librito casi artesanal sobre corrientes literarias.

Y así de paporreta memorizamos unas estrofas. En la clase de literatura empecé a participar un poco más y citaba frases del librito de corrientes literarias. Nosotros decíamos que lo auténtico podía estar quizás en el simbolismo o el surrealismo, pero jamás en el dadaísmo. ¿Qué carajos podíamos dilucidar de una corriente como el dadaísmo cuyo nombre mismo no significaba nada?

El profesor de literatura creo que nos tomó el cariño y ese semestre Josué y yo obtuvimos las mejores notas. El segundo semestre éramos cuatro escritorzuelos con casacas negras; dos eran del tercer ciclo, pero como Josué y yo fundamos los Protones, ellos nos aceptaron como sus gurús. Luego se unieron dos chicas. Una de ellas, Astrid, llamó poderosamente mi atención. Tenía cabellos negros largos y ojos pardos muy claros, casi como el color de la miel cuando recibe los rayos del sol. Ella tenía mirada de leopardo y a veces sus ojos lucían extraviados como hurgando en el vacío, en ese lugar hondo al cual yo temía por su profundidad, porque caer allí era quedar atrapado y para intentar salir de esa selva negra e infinita tendría que abrirme paso a navazos cortando la espesura del éter.

Astrid y yo congeniamos rápido y nos hicimos amigos. Ella quería ser pintora o poeta, pero no sabía dónde empezar. Bretón fue escritor y él inspiró a los pintores surrealistas, dije. Él es el padre del surrealismo. ¿De verdad?, decía ella mirándome complacida y con, ¿admiración?

La verdad, Astrid era bella, pero un poco boba y yo pensaba que ella nunca sería poeta. Al parecer su familia tenía dinero.

Yo continúe "descubriendo" secretos en otros secretos: yo no leía los cuentos de los autores, sino qué decían aquellos, veía sus fotos, imitaba sus gestos: me ponía la mano en el mentón a lo Vallejo y me compré un gorrito como Neruda. En el centro de Lima compré un gabán usado de color marrón y en buen estado. En el espejo practicaba lo que diría: el Surrealismo es esto y el Realismo es aquello.

En el libro *La ciudad y los perros* hallé una "confesión" de Vargas Llosa donde decía que su amigo Claude Couffon recomendó dicha obra a la editorial Seix Barral. El director Carlos Barral la hizo premiar. Después, como una epifanía, todo el misterio de la literatura fue revelándose solo: Jaime Bayly declaró en la prensa que *No se lo digas a nadie* se publicó en España por recomendación de Vargas Llosa. Y no todo quedó allí, Bayly recomendaba a sus televidentes que compraran el libro de su nueva esposa. Así toda venía en cadena como por sucesión discipular.

Recorrí librerías y entonces vi que las grandes editoriales publicaban libros de cantantes de cumbia, periodistas y hasta actrices. Una editorial había publicado unos cuentos de niños que le hubiesen causado diarrea a Hans Christian Andersen, que es, como todos sabemos, el autor de *El soldadito de plomo* y *El patito feo*.

Yo disfrutaba la poesía, pero, en honor a la verdad, era medio lerdo para la métrica. Era claro que una sixtina contenía seis versos, pero no podía memorizar lo que era una epanadiplosis, una arquiloquea, una antítesis, una sinestesia. Lo memorizaba, pero lo volvía a olvidar. En el taller de cuento el profesor Santos me decía: "verde que te quiero verde "y explicaba que eso resumía la simpleza y belleza de García Lorca; eso lo entendía, pero no sin poder retener que aquello era una epanadiplosis.

El profesor Santos se apiadó de mí y me dijo que escribiera cuentos cortos porque eran más fáciles siguiendo la estructura aristotélica de inicio, medio, y fin. Me recomendó unos cuentitos de Monterroso, Cortázar, Bierce y me habló un poco de "La unidad de impresión" de Poe.

Algo llegué a aprender acerca del cuento. En la universidad abría la boca y parecía que sabía lo que estaba hablando, el profesor de literatura me dijo que pronto empezarían los juegos florales y que mandara mi cuento. Se ofreció a leerlo, darme una opinión. Él no estaba en el jurado, esto lo aclaro, para que los envidiosos de siempre no digan que así cualquiera gana.

Sí, señores luego de mandar mi cuento (previas correcciones de algunas erratas) el primer concurso de cuento de la universidad lo gané yo. Con ese premio bajo la manga seguí escribiendo y hasta quedé finalista en otros concursos de Lima.

Aparte de ser escritor, también tenía deseos de aprender el idioma francés. Por eso Astrid me atraía. Ella estudió en el colegio Franco Peruano. El bisabuelo de ella fue francés. Así que era tradición en su familia hablar la lengua de Rousseau. Yo aprendía gracias a ella frases nimias como *je ne sais quoi, ce's la vie*. Con suerte una frasecita de un poema de Baudelaire sacado de una copia burda de *Le Fleurs du mal*. Además, yo balbuceaba saludos básicos. Debo confesar que mis primeras pajas me las hice viendo la deliciosa teleserie: Naná. Años después supe que la carnosa y rubicunda Naná era un personaje creado por Emile Zola.

Astrid era de clase media alta y bueno, ustedes creo que ya intuyen que yo era de clase media-baja, es decir media desastrosa, media yéndose a la mierda. En la universidad tenía media beca por orfandad (mi pobre viejo, de la Benemérita Guardia Civil fue acribillado en Ayacucho cuando el terrorismo). Para conservar la beca yo estaba forzado a tener buenas notas a como dé lugar. No era vago, pero igual, no me gustaba estudiar. No, yo quería ser poeta o escritor, ser irresponsable y chupar como Bukowski.

Un día estábamos en la casa de Astrid y ella me presentó a su padre quien me preguntó si era cierto que me gustaba el francés y asentí con ahínco nervioso. Don Jacques sonaba como francés oriundo. Cuando escuchó mi francés rudimentario apenas dijo *mmm* (después Astrid me comentó que su padre había comparado mi pronunciación a la de un gallo afónico con atasques de asma y carraspera. Todo el mismo tiempo).

Don Jacques me mostró su biblioteca y dijo que quería hablar conmigo a solas. Astrid se disculpó porque tenía que hacer una llamada a su amiga Silvina y se fue al segundo piso. El padre de Astrid me pidió que sea hombrecito y honesto. Ya no usó el francés, me habló en peruano. En limeño:

Dejémonos de huevadas, jovencito. Usted no tiene idea lo que mi *petit* princesita es para mí. Sea sincero conmigo. ¿Mi hija le gusta? ¿Se va a aportar bien con mi hija? Yo no he nacido ayer y he notado que mi hija le tiene cariño. Me habla siempre de usted, dice que usted es un chico lindo, y aquí—esto queda entre hombres—le apena que usted no tenga, ejem…recursos. Ella sufre un poco por eso. Usted parece un buen muchacho. Mi Astrid me dijo lo de su padre, lo lamento mucho. Si se porta bien con mi hija, seré su mejor amigo, si le juega mal, seré peor que Napoleón. Y mira que no soy bajito. Dígame usted qué quiere con hija.

Entonces le dije la verdad: que su hija era para mí la chica más hermosa de la tierra, que yo desearía ser su enamorado, que nunca le jugaría mal, y que yo era alguien con sueños, quería ser escritor. Y así nos habíamos conocido en la universidad.

Don Jacques salió de su biblioteca llena de libros clásicos y me hizo una seña para que los espere. Había una mesa grande de trabajo, como esas que usan los ingenieros o los dibujantes técnicos. Según Astrid, su padre era ingeniero y trabajaba en una compañía transnacional.

Estuve un minuto o dos a solas pensando si debía irme, imaginaba que todo era una treta y que don Jacques saldría con un palo a romperme las costillas. Cuando volvió a la biblioteca me dio dos teléfonos aclarando que uno era del director de Instituto del idioma francés y otra de una editorial. "El primero es padrino de Astrid y el segundo es un primo medio loco que estudió literatura en Francia e Inglaterra. Era medio vago y loco y sus padres decidieron ayudarle a crear su propia editorial. Un par de veces yo mismo le he ayudado a mi primo Jean".

Posteriormente supe que era por medio de ese tío Jean que Astrid gustaba de la literatura, pero para ella no era nada serio. ¡El tío de Astrid era editor! ¡Vaya que Astrid no tomaba la escritura en serio esto! Si ni había mencionado a su tío editor. Y yo desangrándome por ser escritor, desollándome los dedos escribiendo cuentitos que sólo ganaban unos premios que apestaban a caca.

Jean, el tío de Astrid, se reunió conmigo y le mostré lo que había escrito. Lo revisó. Quizás transcurrió media hora, mientras yo husmee entre sus grandes estantes de libros. Me dijo que de los ocho cuentos que tenía, se iba a quedar con seis para leerlos bien. Los inicios eran buenos, me comentó. Cuando un cuento es bueno, dijo, se siente desde el arranque. Si es una buena mierda, no bien lo empiezas a leer, el texto se cae de las manos. Escribe cuatro cuentos más. Cópiate algo de Maupassant o de Boccacio, no seas descarado ni bruto de copiarlos igual. Haz historias similares a "Bola de Sebo" o *"Meter el diablo en el infierno"*. Cuando escribas esos cuentos los editaré y te voy a publicar. No es mucho el adelanto de regalía que te voy a pagar…

El director del Instituto del idioma francés, don Jacobo me entrevistó cerca de una hora y me ofreció una beca completa si me comprometía a hablar francés en un año. Yo estaba por acariciar el sueño dorado de cualquier aprendiz de escritor: ser publicado de joven y hablar francés.

Yo cumplí mi promesa a cabalidad con todos: escribí, estudié y me porté como un caballerito con Astrid, la respetaba. Sus ojos avellanados eran lo único que necesita para olvidarme de las penurias en casa, mi madre trabajando de cajera en un centro comercial y llegando a casa con los pies hinchados.

Transcurrió un año y ocurrieron muchos eventos, grandes diría yo, e imborrables: aprendí el francés, me hice hombre (con Astrid, mi joven diosa gala que tampoco era mujer sino hasta conocerme). Presenté mi primer libro de cuentos en el Instituto del idioma francés casi con un lleno total pues asistieron muchos amigos de la universidad y también de mi clase de francés.

Durante la presentación del libro, mi editor dijo que yo podría perfilarme como una de las voces nuevas de la literatura peruana a juzgar de los adefesios que publicaban las editoriales peruanas. Yo tenía pasta, presencia, fuerza seminal (en realidad dijo huevos) y venía de abajo, la sufría, entendía qué pasaba allí, donde ocurren las cosas verdaderas y trascendentes.

Luego del vino de honor donde me tomaron muchas fotos, incluso para un diario centenario y di una entrevista para el canal del estado que tenía un programa cultural que nadie veía. Lo conducía un escritor pelucón, pero ese día mandaron a un joven reportero.

Mi "tío" Jean prometió que me presentaría a Bryce Echenique cuando aquel refinado escritor volviera de Europa (siempre y cuando estuviese sobrio para recibirnos, dijo). El futuro, sin lugar a dudas, era promisorio y fecundo en todo sentido.

Gracias a mi ahínco, el Instituto del idioma francés me otorgó una beca anual para ir a Francia y continuar mis estudios del idioma con viáticos y hospedaje pagado. Eran apenas ochocientos euros al mes, pero con ello sobreviviría. Cuando les dije a los directivos de mi universidad las buenas nuevas me ofrecieron beca completa a mi regreso (me faltaban dos ciclos). Me aseguraron que tendría trabajo enseñando francés o también como asistente del coordinador académico. Me dijeron que era un joven emprendedor y afortunado que hacia una bonita pareja con la hija del ingeniero don Jacques Bartres que, casualidades de la vida, era amigo cercano de la universidad. Su empresa había donado computadoras y libros a la biblioteca.

En casa de Astrid, don Jacques me felicitó pues todo lo había logrado con esfuerzo. Le pidió a Astrid, cuyos ojos brillaban como estrellas fugaces al mirarme, que quería hablar conmigo a solas. Iba a decirle que le quería como a un padre, pero él se le adelantó: hijo, veo que has cumplido. Te vas a ir a Francia, a París, carajo, la ville lumière. Es un año fuera. Astrid te va a extrañar horrores, pero no puedes perder esta gran oportunidad, Yo no quiero que se separen, además allá, las mujeres son más liberales, no como Astrid. Tú eres un chico bien parecido. Yo no tendría problemas en que ella se vaya contigo y estudie también. Puedo arreglar eso y verles un pisito más grande. Claro, no creerás que mi hija se va a ir así nomás como una hippie detrás de ti. Ella te quiere, tú a ella. Sé que están jóvenes y deben disfrutar esa bella etapa, pero igual, no soy tonto y menos un padre irresponsable. Así que había pensado que quizás sean mejor que se comprometan y ya casados se vayan a Europa. Que Astrid estudie cualquier cosa allá, diseño gráfico, qué sé yo, y así puede ayudarle a Jeancito. Yo les puedo mandar una semana a Barcelona como luna de miel. De allí nomás, se van a Francia. Allí tomas algunas clases de literatura europea que yo voy a costear.

Lo vi a don Jacques parado frente a mí, con los brazos abiertos. Y yo pensando en la beca, mi trabajo seguro en la universidad, conocer a Bryce Echenique. Yo era muy joven para casarme, muy joven. Después me imaginaba harapiento, a mi madre con los pies hinchados y grandes como alfombras enrolladas; mi madre encorvándose y trabajando de cajera hasta los sesenta y cinco, si no se moría antes.

Entonces abracé a don Jacques y le dije: "merci beaucoup, papa". "Astrid," gritó él y ella vino casi volando por las escaleras y de frente me besó, rodeándome con esos brazos llenos de pequitas, esos brazos delicados y hechiceros.

Y así todo quedó consumado: mi carrera de escritor y mi matrimonio. No estoy enamorado o quizás sí, pero soy muy joven. Hubiese querido conocer y, vivir más, pero creo que mi presente hoy es mejor que el de antes, porque soy escritor, me han invitado al Festival de libro de Buenos Aires y será parte de una antología de autores jóvenes, vivo en Paris. ¡Ah, la ciudad Luz es tan radiante de noche!, tan envolvente que Astrid y yo vivimos intensamente cada día, aunque desde hace una semana ella se siente indispuesta y con mareos.

Pienso volver a Perú y enseñaré francés o literatura, vivo y viviré rodeado de las personas adecuadas, eso es lo correcto y lo que debo seguir haciendo y deberías hacer tú también para no ser un escritorzuelo cualquiera.

El hidalgo y el indio

Don Francisco Pizarro apagó el cigarrillo en un poste y lo aventó al suelo. Antes de cruzar la calzada se alisó el cabello. Como siempre, estaba a tiempo para entrar al banco y se puso a revisar sus correos en el teléfono. Ser un gerente importante le daba sin ninguna duda el derecho de leer los correos que consideraba importantes. Ignoraba por completo los demás mensajes hasta que se le antojara leerlos o los borraba sin siquiera abrirlos.

Don Francisco por lo general no saludaba ni al portero, ni a ningún empleado que fuera de rango inferior. Cuando enrumbaba por el pasadizo hacia a su oficina a veces lanzaba "buen día" tan impersonal que hubiera dado lo mismo decir: "buenas noches" o "feliz día de la independencia". Por eso le pareció una impertinencia que en la esquina una persona de a pie lo abordara sin conocerlo y más aun con la traza que este tenía. Era un tipo viejo, aindiado, de baja estatura y llevaba un poncho y ojotas sucias, tan sucias que parecía que hubiera caminado kilómetros. Su rostro tenía una mezcla a sudor y tierra que chorreaban por el cabello azabache y puntiagudo, y por sus pómulos prominentes.

– Siñor Pizarru...

Don Francisco pretendió ignorarlo y miró a los costados para verificar que nadie lo había visto. Se sintió aliviado e iba a dar un paso adelante cuando el extraño se le acercó y volvió a hablarle. Esta vez al abrir la boca verdosa dejó en claro que estaba *chacchando* coca.

– Siñor Pizarru...

– Oiga, indio insolente, ¿Quién le ha dado permiso para que me hable como si fuéramos iguales?

– Quiría decirlo algo.

–¿No serás el abuelo de mi empleada no? Tal vez lo seas, porque ella es de la puna, creo. No sé de dónde serás, pero se parecen. No tengo tiempo para tonterías– dijo don Francisco y se alejó. Lo que sucedió segundos después lo terminó de irritar. El extraño se aferró a su brazo con una vitalidad que lo sorprendió.

–¡indio asqueroso! Suélteme que me estropea el saco. No quiero terminar oliendo a llama.

Ante su pedido, el indio lo soltó, no sin antes decir algo que a don Francisco le pareció el colmo del atrevimiento.

– Dibe pidirme desculpas, don.

– Oiga, carajo, ¿qué le pasa? Váyase antes que le de una bofetada.

– Se no me pede desculpas vas morir...

Don Francisco no pudo controlar más su ira, abrió su saco y dejó relucir su calibre 38. Miró al viejo sintiéndose en control, aunque se quedó pensativo.

— Mira cholito de mierda. Si no te vas ahorita te voy a dejar con más huecos que un queso gruyere. Yo tengo una pistola y tú tienes las manos sucias, ¿Qué me vas a hacer, cerdo?

— Yo no, don. Un caballo, un caballo lo va a matarlo a usted. Como a su famelea de conquestadores. Pura desgracea. Vas pedir desculpas por lo que hicieron.

Don Francisco pensó en sacar la pistola y darle un tiro, pero en medio de tanta gente, ¿Qué podría alegar? ¿Que fue asaltado y que disparó en legítima defensa? Estaba por golpearlo cuando un colega de su nivel lo saludó.

— Caramba, caramba—dijo Natalio Ambrosio, un gerente de banca comercial, un señorón flaco como un espagueti y de largos bigotes–. ¿A quién tenemos aquí? ¿A un tío lejano? ¿O seguro le das dado diez céntimos de limosna? ¡Tú siempre tan tacaño!

— No estoy de humor—dijo don Francisco y cogió a su amigo del brazo mientras iba pensando. ¿De dónde sabía su nombre el indio? Pudiera que alguna vez le hubiera dado limosna, sí sí, tal vez fuera eso porque él era una persona cristiana. Muy estricto eso sí, pero así debía ser para infundir respeto y además porque de ese modo evitaba que los que no fueran de su clase social, los cholos, los arribistas, los empleaditos para toda su vida le hablaran. Pero, en el caso que le hubiera dado una moneda, ¿Hubiera sido posible que él, *don Francisco Pizarro* le dijera su nombre? No, no, eso era imposible. Solamente les daba su nombre y su tarjeta personal a clientes exclusivos. A veces, incluso, cuando alguien no le caía bien se excusaba diciendo que no tenía tarjeta. ¿De dónde? ¿De dónde me conoce este cholo? Y lo peor es que me dijo Francisco Pizarro, y sí pues, en el fondo era cierto, era pariente directo del conquistador, pero ¿Cómo lo podía saber? ¿Era obvio que al tener el nombre idéntico al conquistador alguien lo relacionara y más aun por ser blanco? Era probable, aunque no al cien por ciento porque de seguro también habría por allí regados un par de Pizarros, algunos aindiados y otros hasta negros, pero esos, evidentemente no eran familia suya. La familia Pizarro en Lima era una sola y tenía muy bien documentado su árbol genealógico. ¿Qué le pida disculpas? ¿Disculpas de qué carajo? ¿De qué?

Don Natalio caminaba a su lado y le iba hablando, entonces don Francisco le contó la historia a su amigo y este empezó a atorarse de la risa. Je, je. Ah ya, o sea que el cholo quiere ser reivindicado, quiere derechos humanos. *Habeas corpus* quiere. Je, je. No, mejor un recurso de amparo. Le hubieses metido una patada en el culo. Eso es lo que debiste hacer. ¿Sabes qué, hermanito?, Por seguridad, mejor vamos a la esquina y le tomamos una foto a ese serrano. No vaya a ser un secuestrador que está de "campana". Vamos antes que te mate un caballo…je je.

Casi por inercia, don Francisco junto a don Natalio, caminó egregio hacia la misma esquina y vieron al indio hablando solo. Miraba al cielo como si estuviera haciendo un ritual. El cielo estaba gris como el lomo de un burro y hacia el este se divisaban unos gallinazos. El indio vio a don Francisco y a su acompañante y aunque que la luz del semáforo indicaba verde cruzó la calle.

Don Francisco muy agudo de vista intentó cruzar por medio de la calle y sólo alcanzó a decir: "Cojan a ese cholo de…" cuando un auto lo embistió. Como una marioneta grotesca, Pizarro dio dos volteretas en el aire y cayó pesadamente contra el pavimento.

Don Natalio se llevó las manos a la cara y dijo: "Detengan a ese de poncho". Un par de personas sin saber por qué agarraron al indio. De la esquina del banco vino un policía. El trafico se detuvo. Un par de empleados del banco que llegaban a trabajar empezaron a gritar: "Una ambulancia, una ambulancia". Un policía motorizado llegó mientras el chofer que había atropellado a don Francisco gritaba alzando las manos, gesticulando y con los ojos desorbitados: "Se cruzó en plena luz verde. Yo tenía la preferencia… se me aventó el señor…".

Varios celulares sonaban a la vez. La gente empezó a arremolinarse como si estuvieran alrededor de una ejecución. El policía motorizado se acercó y preguntó si alguien había visto algo.
Es la culpa de ese indio que esta allí-dijo don Natalio y los transeúntes trajeron al extraño sujeto que parecía perdido como si estuviera deprimido por siglos.

— Señor ¿Se encuentra bien? ¿No ve que el señor ha sido atropellado? —le preguntó el motorizado a don Natalio.

—¡Mi amigo cruzó la pista para atraparlo a este sujeto que lo amenazó!

— A ver, traigan a ese cholito—dijo el policía.

Trajeron al indio y empezó a hablar en quechua.

— Hable en español, señor- le conminó el policía.

El indio siguió hablando en quechua.

— Si sigues de terco te llevo a la comisaria-dijo el policía mientras llegaba otro motorizado y, por fin, la ambulancia. El policía que vino del banco intentaba controlar el tráfico en medios de una batahola de cláxones y gritos: "Tenemos que ir a trabajar", "Arrimen el cuerpo a un costado".

– Mi abuelo no habla castellano-dijo un niño sucio que vendía caramelos.

– Mentiras—dijo don Natalio—él amenazó a amigo y mi amigo no sabe ni jota de quechua. Es español.

– El viejito no habla nada de español y encima es medio loquito-dijo la vendedora de periódicos.

– Es cierto. Yo hablo en quechua con él—dijo un lustrabotas algo mayor.

–¿Es verdad lo que dicen estos? —preguntó el policía al nieto del indio.

– Es la verdad verdacita. No sabe castellano mi abuelo. Entiende un poco, no habla, pero—dijo el niño.

– Bueno. lárguense de aquí. Lárguense. Déjenme hacer mi trabajo— espetó el policía.

– Está muerto. El señor está muerto—dijo un enfermero que empezó a cubrir el cuerpo de don Francisco para que lo suban a la camilla.

Don Natalio miró a su alrededor y le pareció estar en un anfiteatro de piedra, lleno de indios, rostros cetrinos y afilados como cuchillos de piedra que lo miraban, ¿con lastima acaso?, mientras el policía apuntaba los datos del carro que atropelló a don Francisco Pizarro y decía por radio: es un auto Ford, repito, Ford de color rojo. Cambio. Sí, afirmativo. Afirmativo. Es de esos deportivos que tienen un caballito en el frente. Entonces don Natalio horrorizado se volteó para ver el coche y notó que, en el Ford, el símbolo de un caballo, casi desbocado, estaba colgando teñido de rojo y a punto de caer al suelo.

Ofelia Montelongo

Es una escritora bilingüe originaria de México. Estudió contabilidad y finanzas, un MBA y un BA en inglés y escritura creativa. Es escritora y fotógrafa independiente y ha colaborado con revistas como *Phoenix New Times*, *So Scottsdale* y *Phoenix Magazine*. Fue instructora de talleres de escritura creativa en español en la Palabras Bilingual Bookstore y fue parte del equipo de la revista literaria*Superstition Review* durante el otoño de 2016. Sus historias han sido publicadas por *Four Chambers Press*, *Z Publishing*, *Los Acentos Review*, *Rio Grande Review* (por publicar), and *Ponder Review* (por publicar). Actualmente es estudiante de posgrado en la Universidad de Maryland. Sus intereses de investigación incluyen literatura chicana y latinoamericana, teoría de la traducción, fronteras, escritura creativa y más. Desde junio de 2018 forma parte del Taller de narrativa de Virginia.

El moño de perlas falsas

La primera vez que un niño me envió una carta de amor, fue el día que llevaba el moño de perlas falsas de mi madre. Era un broche en forma de moño que ella se había puesto en su boda. Mi madre insistió en ponérmelo, ya que ese día sería la abanderada de la primaria, el máximo honor que una niña de 8 años podía tener.

Mi madre me cepilló el pelo varias veces y me aseguró que el moño quedaría bien decoradito en mi media cola relamida. Me planchó mi falda roja de patoles y me llevó a la escuela. Después de los honores cívicos, en donde a pasos firmes desfilé con la bandera de México en mis manos, despedí a mi madre, quien me recordó que estaba orgullosa que gracias a mis buenas calificaciones había logrado ser la abanderada. "Ah", me dijo, ya casi cuando se iba, "cuida mi broche-moño de perlas. No se lo prestes a nadie".

Al llegar a mi salón de clases, me topé con la directora quien estaba distribuyendo a mis compañeros en otros salones. "Su maestra Nidia está enferma hoy. Así que tendrán que unirse a otros grupos", dijo con su voz ronca y altanera.

La directora me llevó al salón 3C con un grupo de niños que parecía que en sus casas les daban azúcar a todas horas. Mis ojos seguían sin parar a niños revoloteándose por el suelo, otros encima de los pupitres, y niñas pintándose la boca con labiales de Hello Kitty. El salón olía un poco a orines y a gis quemado. Al frente de todos estaba la maestra Sandra, quien apenas acababa de llegar ese año a la primaria y su falta de arrugas y canas la hacían ver como la hermana mayor de alguno de nosotros. La maestra agitaba las manos hacia arriba y parecía dar gritos inaudibles. Sentaba a unos niños en sus pupitres, mientras que otros que ya se habían sentado se paraban, y cuando lograba sentar a otros, los que se acababan de sentar se paraban, así sucesivamente sin un fin ordenado.

La directora todavía estaba a mi lado y con un gis blanco raspó el pizarrón haciendo un ruido caótico y chillante llamando la atención de todos los niños. Al ver que la directora estaba enfrente de ellos, todos se sentaron de inmediato, y yo me busqué un lugar vacío al fondo del salón, en el único lugar donde quedaban pupitres libres.

La directora reprendió a la maestra Sandra en susurros que podían escucharse desde atrás y dejó el aula con todos callados, incluyendo a la maestra.

A lo largo del día, veía como la maestra respiraba profundo y muchas veces se daba por vencida al ver tanto barullo. A dos pupitres mas allá del mío se sentaban dos de las niñas de los labiales de Hello Kitty y con sus colas de caballo engominadas, se pararon frente a mí para elogiar mi moño de perlas. "Nunca había visto un moño tan bonito", dijo Carmen. "¿Me lo prestas?" Pero me negué enseguida. Sacó del bolsillo de su falda el labial y estiró su mano, ofreciéndomelo. Lo agarré, lo destapé y me lo llevé a los labios sin pensarlo mucho. Sentí mis labios pegajosos con un aroma a fresas preponderante. "Ahora nos tienes que prestar el moño", dijo Carmen. Pero en ese momento, un niño llegó con tres hojas dobladas que decían mi nombre. Yo no sabía el nombre de ellos, y no sabía cómo ellos sabían el mío. "¡Uy!, tienes admiradores", dijo Carmen, agarrando una de las cartas y abriéndola. "Estás muy bonita", leyó Carmen en voz alta, "eres la más linda del salón con tus ojos claros. Tu pelo está bonito también ¿Quieres pasar el recreo mañana conmigo? Atte.: Mario". Hizo bolita el papel y se lo llevó de regreso a Mario, un niño desfajado y despeinado. "No", le dijo Carmen a Mario. "Ella va a pasar el recreo mañana con *nosotras*".

Sonreí en automático porque el día siguiente ya tenía una cita con las chicas Hello Kitty. Leí las otras dos cartas y decían casi lo mismo, alagaban mi peinado, mi broche, y mis ojos. No les respondí a los niños, solamente las guardé en mi cuaderno y traté de concentrarme en la clase. La maestra Sandra se veía desesperada enfrente de la clase, con la voz cansada y el pelo desbaratado. Nos dijo que como castigo por portarnos mal ese día nos dejaría sin recreo, y que se tendrían que esperar al día siguiente. Los niños la ignoraron y algunos se salieron de igual forma. El resto del día, la pasé platicando con Carmen y compañía, y se despidieron de mí recordándome que nos veíamos mañana en el recreo.

En casa, mi madre me quitó el moño con cuidado y lo guardó en su caja de joyas. Le conté de mis nuevas amigas y eludí contarle de las cartas de amor. Me besó la mejilla, orgullosa de que hiciera amigas, y me dijo que mi padre me llevaría a la escuela el día siguiente, porque ella tenía que trabajar temprano.

La mañana siguiente fui despertada por los gritos de mi padre. "Se nos hizo tarde", decía. Me apresuré a bañarme y cambiarme. Frente al espejo, vi mi pelo enredado y mojado. Mi padre se apresuró con un cepillo y trató de quitarme los nudos más visibles. Agarró una diadema negra de tela de las que usualmente me ponía y me la puso en la cabeza. "Peor es nada", me dijo. Nos subimos al carro y volamos a la primaria.

Llegué a tiempo antes de que cerraran la puerta principal y corrí a mi salón de clases, viendo a mi maestra Nidia frente a un salón de niños ordenados. Me senté, respirando profundo e ilusionada que en unas horas iba a pasar el recreo con Carmen y sus amigas. Mi cabeza me daba vueltas y vueltas. ¿Qué les voy a decir? ¿De qué voy a platicar con ellas? Igual de los niños que me mandaron cartas, el niño Mario ese está bonitillo o de estar en la escolta, o tal vez de peinados o labiales o de la clase de matemáticas. Mi cabello está mojado, no se siente bonito. No creo que a Carmen le importe mucho que no le pueda prestar el broche, igual se lo hubiera pedido a mi mamá, que moño tan bonito.

Las horas pasaron volando, y cuando fue la hora del recreo, corrí al patio para ver donde estaban mis nuevas amigas. Las vi cerca de un árbol comiendo helados y papitas.

"Hola", les dije. "Ya estoy lista para pasar el recreo con ustedes".

Carmen se me quedó viendo a la cabeza, se volteó a ver a sus amigas, y sonrió un poco. "Hijuela, es que ya no vamos a pasar el recreo contigo", dijo alejándose del árbol con sus amigas siguiéndola.

"Pero…" dije detrás de ellas, "me lo dijeron ayer. Hasta me lo prometieron".

Carmen se giró a verme de nuevo con sus labios pegajosos brillando con el sol. "Si, pero eso fue ayer. Hoy ya cambiamos de opinión", dijo, y siguió caminando sin voltearme a ver. De espaldas pude ver su pelo negro en una media cola relamida y con un broche de perlas en forma de caracol. ¿Serán falsas también? Pensé.

Volteé a mis alrededores, escuchando risas y gritos por todas partes. ¿A lo mejor alguien me está viendo y se está burlando de mí? Caminé hacia la entrada de la escuela, tratando de encontrar un lugarcito donde nadie me pudiera ver. Me agarré el pelo y me quité la diadema negra. Estaba toda mugrienta y parecía más gris que negra. La tiré al suelo y la quise maldecir tal como la podría maldecir una niña de 8 años, con odios y recelo, pero no me salió ni un pío de la boca. Al ver a mí alrededor temblar y borroso, apoyé mi mano en una pared, y mi boca liberó un liquido amarillento y oloroso. Me recliné una vez más para dejar salir una espuma medio blanca y verdosa que olía un poco a ácido. Vaciando mi ser, vi la diadema vomitada y la agarré para limpiarla, ya que esa diadema, aunque estuviese mugrosa, representaba más quien era yo, que cualquier moño de perlas falsas.

Eugenia Muñoz Molano

Full Professor, Virginia Commonwealth University. Publicaciones: Crítica literaria: libro *Novelización y parodia en cuatro autores colombianos.* Numerosos artículos críticos y capítulos en libros en USA e internacionalmente. Libros de poesía: *Voces y Razones.* Bogotá, Editorial Pijao. *Ser de mujer.* Madrid, Ediciones Torremozas. *La vida en Poemas,* CD. Richmond, Nomega Estudios. *Vida ensombrecida.* Madrid, Editorial Betania. *Inmigraciones y Reflexiones,* Bogotá, Editorial Oveja Negra. Poemas: en Antologías: Madrid (2), Argentina, Maryland, Santo Domingo, Perú (2) Una de ellas *Raíces latinas, poetas y narradores inmigrantes,* segundo lugar Latino Books Awards (2014). En Revista: *Sinalefa,* New York. En drama: Poema "Una madre sin su hija", en *Mujeres de arena,* del mexicano Humberto Robles sobre los feminicidios en Ciudad Juárez, representado en 20 países, traducido al inglés, francés, alemán, italiano y catalán. Ficción: Cuentos en antologías: "El hijo de Flor" (2016), "La misión" (2018) México, Grupo Editorial Benma, "*Ícaro José en la tierra prometida.* Chicago, Ars Communis Editorial. Pedagogía literaria: libro *Lectura de textos. Interpretación y análisis. Narrativa, poesía, drama y ensayo.* Pearson 2012. Premios de este libro: The Best of FLAVA (Foreign Languages Association of Virginia), 2012 por la presentación del método y Best Educational Book, segundo lugar en el International Latino Books Awards, 2013. En preparación: libro de poesía, *Cosas que deben ser y no ser.* No ficción: Libro: *Memorias del corazón* y Editora del libro *Memorias de Familia.* Crítica literaria: Libro: *Mujer, Guerra y Memoria en la narrativa de Jorge Eliécer Pardo* (febrero, 2019)

La misión

De un disparo dependía la vida del hombre a sus pies y la suya también. El capitán Roca le había indicado dónde sorprenderlo en su puesto de vigía del bando contrario, encomendándole su primera misión de soldado novicio del ejército nacional de Colombia: Matar a ese enemigo. Le brotaba a chorros el sudor de la selva y el olor de hojas podridas invadía el aire.

El enemigo era un hombre de unos diecisiete años, de estatura mediana y cuerpo delgado. Tenía la barba y la cabellera enmarañadas y largas a causa de los tres años en que había estado preso de los tentáculos de la manigua, desde que las Fuerzas Armadas Revolucionarias de Colombia lo arrancaron de su familia para enrolarlo en sus filas. Ahora estaba allí, bocabajo, con los brazos extendidos y las manos agarradas a los rastrojos de la naturaleza bajo sus palmas, como tratando de aferrarse a la vida pendiendo del hilo de la voluntad del soldado que le apuntaba con una subametralladora MP5, con ráfaga de tres disparos a un apretón del gatillo. En cualquier momento los disparos ahogarían con sus estampidos los ruidos de pájaros, el croar de sapos y ranas, el chillido de monos y de muchas otras voces de los habitantes de la selva.

El día agonizaba a la par de los ensangrentados rayos del atardecer. Tomás Ruiz miró el cuerpo del hombre y se percató con angustia que de la rigidez de éste por el terror que lo congelaba, su corazón se desbocaba en su respiración entrecortada y su vista se detuvo en el tatuaje de la mano derecha que no hubiera querido reconocer, porque le hacía todavía más agobiante cumplir la misión.

Tomás era un campesino con principios arraigados, a quien el ejército había obligado a prestar el servicio militar, apenas cumplió dieciocho años. En ese momento recordó cuando el capitán Roca le daba la orden de cumplir su misión y cómo al unísono, se abría paso el "No hagas a los demás lo que no quieres que hagan contigo" que le habían enseñado en su hogar. En ese borde de la fatalidad en que se encontraba, Tomás cerró con fuerza los ojos, anhelando que al abrirlos despertaría de una pesadilla. Él nunca había imaginado hacerle a nadie lo que el capitán Roca le ordenó y menos en condiciones tan desventajosas como las de ese reo: desarmado, de espaldas y a un metro escaso del arma que a él le habían puesto en sus manos. En dos segundos vio pasar el destino que le esperaba: Su vida sería insufrible. Nada le quitaría de su mente el aterrador flujo rojo brotando del cuerpo de su ejecutado, su mano le recordaría siempre el olor a pólvora del arma homicida. Ninguna justificación oficial lo exoneraría de culpa ante su conciencia, castigándolo por siempre con el remordimiento y la memoria del reo fulminado por esos tres tiros y sus agónicos gritos penetrando las más recónditas grietas de ese infierno verde.

El estómago se le revolvía de angustia. ¿Sería capaz de matar justo a ese reo? A Rosendo Pérez, su compañero y amigo de la escuela. Y era la muerte de Rosendo o la suya, por traidor a la patria y desacato de una orden de su superior, el capitán Roca.

Lilia Murillo

Escritora (boliviana 1961) Estudio en La Paz Bolivia, maestra educación infantil, estudio en la Escuela de Escritores España, género escritura infantil/juvenil.

Autor de los libros Las Caras del Amor (relatos cortos) Historias de Suegras y Nueras (reflexión familiar) Julia (cuento Infantil) Alma de Mujer, Ave y Estrella (Poemario) diez de sus poemas son llevados a la música en distintos géneros, unidos en el disco Mágico Corazón.

Desde diciembre de 2018 forma parte del Taller de narrativa de Virginia.

El solitario y la nereida

Mil crepúsculos apareciendo, unos serenos, otros borrascosos, posiblemente diáfanos, algunos bravíos, avizorando cuartos crecientes, plenilunios, en la misma roca, en el mismo lugar, a la misma hora, olas suaves, algunas agitadas, otras altas, pero siempre allí, a la misma hora, en el mismo lugar, en la misma roca, en silencio, con el corazón solitario, con las pupilas serenas, con los oídos nítidos escuchando y escuchando, siempre allí, en la roca, a la misma hora, aspirando dilucidar con docilidad aquel canto, aquella voz que hechiza, que aletarga, que acaricia, es de adentro o es de fuera, no acierta el punto porque esta voz dulce se expande sin dejar huella, sin dejar punto, es tan breve como un destello, seductora, es tan fugitiva como una lágrima, misteriosa, solo sus manos descansadas en la roca dan señal de existencia, porque al oír el canto, apretujan mansamente la roca cavilando que es de seda.

Siempre a la misma hora, en el mismo lugar, en la misma roca, ocaso diáfano, ahí estaba él, en silencio y solitario disponiendo las pupilas a la mar, los oídos al canto, rozando su roca de seda, paciente, magnánimo y firme con el tiempo.

Puesta de plenilunio, en el mismo lugar, a la misma hora, en la misma roca, reposado oteando que argénteo está el mar, apretujando la roca al oír la breve copla sutil, de súbito vuela muy bajo una mariposa con pequeñas alas similares al pavo real, alza las pupilas siguiendo fascinado su vuelo, con sigiloso no lejos del arenal danza un delfín retozando contento, el brillo de sus pupilas se revelan incógnitas, rauda se manifiesta una nereida, los ojos de ambos se entrelazan súbitamente y con agilidad, solidificado se queda en la roca, embrujado por la titánica beldad, minutos, acaso segundos, que logro advertir sus preciosos ojos, su hermosa cabellera azur, acicalada por una aureola de anémonas, lirios y narcisos, como fugaz surgió, fugaz huyó, ni mariposa, ni delfín.

Cambió arrebatado de corazón solitario a corazón encendido, de silencioso a precipitado, de paciente a desazonado, de reposado a agitado, sus manos apretujaban sus sienes como roca, parado, corriendo, clamando, hincado sollozando, buscando, buscando, buscando.

Despertó arrimado en la roca, ¡quimera! ¡Verdad! Tan solo el corazón le expresó que era realidad por esa vehemencia enloquecedora, ya no hubo la misma hora, el mismo lugar, simplemente se estacó inmóvil a la misma roca, percibía que pasaban cuartos crecientes, plenilunios, no escuchaba ya ni fugaces coplas, solo soñando de espacio en espacio con la nereida ama de la mariposa y del delfín.

De cuando en cuando se dirigía al mar a buscar a la fugaz en los arrecifes de coral, investigando fosa tras fosa, sin huellas hallar, descorazonado, disminuido, ávido, otras incontables horas se pasaba clavado en la ribera del mar, así cuando emerja, atraparla y no dejarla nunca más.

Tal vez fueron numerosos transcursos, poco a poco fue extinguiéndose su existencia, sin resistencia esperaba su muerte crepúsculo tras crepúsculo y aspiraba que una alta ola lo sepulte mar adentro, para depositar su cuerpo en el lar de su fugaz amada. Música de arpas, frágil sonrisa, inmóvil, encandilado y moribundo, le surgió un aliento de lo más recóndito alcanzando su cuerpo un color blancuzco y solidificándose como roca, permaneciendo lacrada en sus labios claros la sonrisa y los ojos entornados. Entonces asomó el danzante delfín, la mariposa alas de pavo real y detrás emergió la nereida de la cabellera azur, con corona de anémonas, lirios y narcisos, engalanada con traslúcidas sedas cubriendo apenas su perfecto cuerpo con grandes alas de mariposa y delicadísimos piececillos de pez, coqueta y sutil en su caminar llevaba un cayado. Fue cantando su fugaz copla, se reclinó al exánime y le dio un beso vehemente, acarició su pelo, cerró sus ojos, y asistida por la mariposa haló dulcemente el cuerpo mar adentro, con el delfín bailarín en espera. Poco a poco ella con él se depositaron mar adentro y fueron desapareciendo sus grandes alas de mariposa. De pronto surgieron burbujas radiantes de mar adentro tornándose aún más argénteo.

Fernando Olszanski

Nació en Buenos Aires, Argentina. Ha vivido alternativamente en Escocia, Ecuador, Japón y pasado por varias ciudades de los Estados Unidos. De profesión educador, también es escritor, editor y artista visual. Es autor de la novela *Rezos de marihuana*, el poemario *Parte del polvo,* y los libros de cuentos *El orden natural de las cosas* y *Rojo sobre blanco y otros relatos.* Como editor ha compilado las antologías *América Nuestra, Trasfondos, antología de narradores en español del medio oeste norteamericano* y *Ni Bárbaras ni Malinches, Antología de narradoras en Estadios Unidos,* las tres galardonadas con el International Latino Book Awards. Fue director editorial de las revistas Contratiempo y Consenso, actualmente dirige la editorial Ars Communis. Reside en Chicago, Estados Unidos.

Nieve lenta

La nieve cubre todo. Es mucha la nieve que cae sobre la ciudad, que los grises, los ocres y los demás colores desteñidos del invierno se han convertido en blanco. Una de las pocas veces que la ciudad se viste de uniforme.

Es tan lenta la caída de la nieve que parece que no cayera, sino que estuviera suspendida en el aire. Los copos semejan detenerse y luego caen sobre los hombros de Roberto que, pasmado, abre la boca como si deseara absorber todos los copos en ella.

Roberto piensa que es un espectáculo ver caer la nieve. Los transeúntes, al contrario, creen que el espectáculo lo está dando él. Vestido casi sin abrigo, un gorro de lana donde se le pierde la cabeza, hombros llenos de nieve, brazos cruzados tratando de ahuyentar el frío, y esa boca abierta que pretende tragar todos los copos del alrededor.

Llegó a esa esquina casi por accidente, siguiendo los caprichos de la nevada. Es que camina sin saber a dónde ir. Roberto, en realidad, no tiene a dónde ir. Pero eso es lo que menos le preocupa.

Se hubiese quedado horas viendo caer la nieve en esa esquina, pero hubo algo que lo distrajo. Algo que lo perturbó. Algo que se interpuso entre la maravilla de la nieve cayendo y los ojos que se agrandaban para asimilarla.

Alguien caminaba por la vereda de enfrente, un peculiar modo de moverse. Un modo de andar que Roberto no olvidaría jamás.

Se resistió durante algunos minutos. Pero al ver que lo arrestaba la policía y no los agentes de inmigración, se dejó atrapar sin más forcejeos. No era lo mismo la cárcel que la deportación. El problema era que no entendía de qué lo acusaban; después de todo, no había hecho nada. Nada que él considerara un crimen.

Marta, su *compañera*, lo había denunciado como golpeador de mujeres.

Tuvo la mala suerte de caer en el juzgado del Honorable Juez Casey: moralista, protestante y duro en las sentencias con los golpeadores de mujeres, en especial si estos son hispanos ilegales.

—Pero si solo la empujé —gritó Roberto en español, ante el juez.

—¡Cállate güey! —ordenó uno de los policías, el único que hablaba algo de español.

Lo que para Roberto fue un empujón, para Marta había sido un golpe. El fiscal lo consideró una golpiza, y para el Honorable Juez Casey, moralista, protestante y duro en las sentencias con los golpeadores de mujeres, en especial si estos son hispanos ilegales, el asunto pasó a ser un intento de homicidio.

El abogado de oficio le consiguió, en un acuerdo extraordinario, tan sólo dos meses en la cárcel de la ciudad. Mucho menos de lo que el fiscal pedía, muy alejado de lo que el Honorable Juez Casey deseaba.

—¡Pinche vieja! —gritó Roberto al pasar cerca de Marta, mientras era contenido por dos oficiales.

Roberto vio suspirar a Marta sin saber por qué lo hacía.

En las cárceles de los Estados Unidos, los presos se dividen por razas. Los blancos por un lado, los negros por otro y los latinos por ahí. Pero eso después del papeleo, de la revisión y de la catalogación de cada uno. Durante los primeros días, sin embargo, todos los prisioneros comparten una celda común. También las ansias y los problemas. Los espacios son reducidos y todo depende de los puntos de vista, algo que Roberto no sabía. Al espacio hay que ganárselo de cualquier manera.

—I want your shoes.

—¿Qué dices? Yo no hablo inglés.

—I want your shoes.

El hombre de color señaló con el dedo índice los zapatos de Roberto.

Roberto vio que el hombre de color le llevaba media cabeza de altura. Lo que no vio, fue el golpe que le llegó por sorpresa. La pelea resultó despareja al principio, pero Roberto se las arregló para aguantar hasta que los guardias llegaron con sus bastones. Un par de golpes en las costillas aplacaron los ánimos de los contrincantes. Los guardias se llevaron al hombre de color a otra celda.

Durante la pelea nadie intervino. Esas cosas sirven para medir a los prisioneros, para saber si las tienen bien puestas o si sólo son corderos que siguen al rebaño. Nadie se acercó a Roberto ese día, quedó un tanto inmovilizado por los golpes en las costillas y un hematoma que lentamente aparecía en su ojo derecho. Deseó tener algo de hielo para detener la hinchazón.

Al otro día, en la gigantesca sala del comedor, se dio cuenta que la cantidad de personas en su misma situación era incalculable. No se sintió tan mal entonces. Empezó a caminar algo más erguido y a mostrar con orgullo tímido el moretón de su ojo. Todo empezó a parecerle mejor, casi todo.

Una voz conocida sonó a su espalda. Una voz a la que no se quería acostumbrar.

—I want your shoes.

Esta vez no esperó a ver llegar el golpe.

Y volvieron a pelear con el hombre de color que le llevaba media cabeza. La comida desparramada en el piso, los gritos festivos de unos y los insultos de otros llamaron la atención de todo el mundo. Llegaron otra vez los guardias con sus bastones y llegaron también los golpes en las costillas. Otra vez se llevaron al hombre de color, y ésa fue la última vez que lo vio.

Sosteniéndose con dolor, juntó los restos de comida del piso.

Un grupo de hispanos le hizo señas para se sentara con ellos. Sin darse cuenta, sin proponérselo, se había ganado un espacio.

Al otro día lo enviaron a un pabellón donde todos eran hispanos. Gente en las mismas condiciones, o peor. Ladrones, traficantes, algunos asesinos. Formaban una comunidad que funcionaba casi a la perfección. Nada estaba librado al azar.

Hizo algunos amigos, algunos no tan convenientes, diría su madre. De ellos aprendió muchas cosas. A hablar con las manos, a sobrevivir como un ilegal en un país extraño, a comprender códigos que antes no conocía, a establecer negocios que no siempre estaban bien vistos pero que eran extremadamente redituables.

De vez en cuando, pensaba en Marta; un recuerdo lejano que se acercaba cuando las cosas no iban como él quería.

Conoció a Marta al llegar a Chicago. Trabajaban en el mismo restaurante; él en la cocina, ella en el mostrador. Al tiempo, Roberto consiguió algo mejor y se fue. De esa manera se sintió libre de invitarla a salir. Al mes ya vivían juntos. No era una estricta cuestión de amor, sino también de economía. Ambos enviaban dinero a sus familias y ahorraban para sus proyectos personales, proyectos que no eran en común.

La relación con Marta nunca había sido fácil. Demasiado control, demasiados celos. Que vuelves tarde. Que vuelves borracho. Que no vuelves.

Aquella noche, la noche del empujón, la del golpe, la de la golpiza, la del intento de homicidio, Roberto había llegado tarde y con algunas copas demás.

Que tienes otra mujer. Que no tengo nada. Que estás borracho. Que fueron dos cervezas.

El primer plato que voló, derribó el crucifijo de la abuela que Marta había traído de Guanajuato. El jarrón con dibujos griegos volteó la maceta con el helecho que le había regalado la prima Gregoria. Finalmente, y después de varios intentos, un vaso alcanzó la cabeza de Roberto, no sin romper de rebote la foto de la tía Euclelia.

La pelea terminó cuando Roberto gritó más fuerte y de un sacudón la sentó de culo en el sofá.

Lo de la policía, lo de las marcas y el arresto, no fueron más que una maraña de papeles y forcejeos emocionales.

Pero él debía aprender, había decidido Marta.

Faltando quince días para cumplir la sentencia, la nieve empezó a caer en la ciudad. Para Roberto, que era la primera vez que veía nevar, la sorpresa del paisaje y la facilidad de vida que encontraba en la cárcel, se presentaban inmejorables. Tres comidas por día. Ejercicios y tertulias. Intrigas y proyectos. El único problema era que todo acabaría pronto.

Pero siempre hay imponderables.

No le causó gracia tener que abandonar la cárcel. Incluso, llegó a resistirse a los guardias que no entendían su comportamiento.

Caminó ofuscado por las calles de la ciudad. Inhalando el aire frío, que devolvía en forma de vapor. La nieve posándose en sus hombros le hacía olvidar los malos tragos de los últimos meses. De todos los meses que había estado en esa ciudad que no era su ciudad.

Se detuvo en una calle cualquiera, en una esquina cualquiera, a mirar cómo se adormecían los copos de nieve en el aire, como si no cayesen, como si estuvieran suspendidos por siempre en el blanco desteñido de Chicago. Y se hubiese quedado horas viendo caer la nieve en esa esquina, pero hubo algo que lo distrajo. Algo que lo perturbó. Algo que se interpuso entre la maravilla de la nieve cayendo y los ojos que se agrandaban para asimilarla.

Alguien caminaba por la vereda de enfrente. Con un peculiar modo de andar. Un modo de andar que Roberto no olvidaría jamás.

Sin pensarlo, sin medir consecuencias, sin prestar atención al caótico tráfico, Roberto cruzó la calle hasta la otra vereda. Justo por detrás de la persona con tan particular modo de andar.

Esa persona era Marta.

Iba cargada con bolsas, volvía de hacer las compras. Caminaba lento, algo encorvada, agitada por el esfuerzo de la carga y por la dificultad de desplazarse en la acera cubierta de nieve.

Sigilosamente, Roberto se fue acercando hasta casi tocarla. Caminaba al mismo ritmo de ella, copió el paso hasta medir exactamente cuándo rozaban su pie derecho con el pie izquierdo de ella.

No tuvo más que darle un suave toque. Una delicada maniobra que hizo trabar el pie derecho con el pie izquierdo. Una zancadilla perfecta.

El cuerpo de Marta perdió el frágil equilibrio, el desbalance arrastró las bolsas con mercadería y a un par de transeúntes ocasionales que se vieron sorprendidos con la aparatosa caída. Pero todo en asombrosa lentitud. Todo como si fuera parte del paisaje y de la nieve que lentamente desteñía la ciudad de blanco. Los brazos extendidos. Las cosas volando. Toda Marta desparramada en el piso cargado de nieve. Toda la sorpresa inaudita, toda la ignorancia, toda la desazón.

Roberto aprovechó la confusión y el tumulto para escaparse sin ser visto. Bajó su gorro hasta donde pudo y metió las manos en los bolsillos. Caminó rápido, sin dirección y sin preocupaciones. En una calle cualquiera, en una esquina cualquiera, se detuvo para ver caer la nieve. Caía lenta, como suspendida en el aire frío. Roberto mantenía la boca abierta, fascinado. Parecía querer absorber todos los copos del alrededor. No tenía dónde ir, pero eso era lo que menos le preocupaba.

Arturo M. Rojas Huerta

Nacido en Perú, (04-01-1979) radica en la ciudad de Huacho, departamento de Lima. Es licenciado en Educación por la Universidad Nacional José Faustino Sánchez Carrión, tiene una maestría en docencia universitaria por la Universidad Nacional Autónoma de Nicaragua-Managua y con estudios de doctorado en educación por la Universidad San Martín de Porres. Ha escrito algunos artículos académicos referente a temas educativos para revistas indexadas en España, México y Colombia, pero su pasión es la lectura y escritura de textos narrativos, y hasta el 2018 era autor inédito en escritura creativa y a partir de ese año ha publicado relatos en las antologías Lima en Letras, Es Cupido, Literal II, Tiempos Modernos y Tiempos Violentos de la Editorial Autómata, además ha publicado su relato "El maximicrobio" en la Revista Digital Círculo de Lovecraft N° 9.

Quiero una parte de ti

Entra al bar de Pablín y Joel observa para todos lados y no ve a Grecia, camina hasta el fondo del local y no está, se queda un rato de pie pensando y luego se sienta, saca su celular marca el número de Grecia pero esta no responde y marca otra vez y nada, solo después de buen rato de timbrar escucha dejé su mensaje, pero a él no le gusta dejar mensajes de voz y corta, pide una hamburguesa y una gaseosa y mira el WhatsApp, la última vez que se conectó Grecia fue a las 10 y 35 casi la hora en que le envió los mensajes: "ke haciendo" "kiero salir" "toy aburrida" "orita toy" "onde pablín" "ven" y él responde "en un cinco esty ahí" a pesar de que ya esa hora el plan era dormir y no salir y solo estaba viendo una película para agarrar sueño. Pero ante los mensajes se levantó rápido, se puso su ropa y salió de su casa porque sabe los buenos momentos que pasado con Grecia desde la primera vez. Ella no quería salir los últimos meses porque decía que estaba con marido, pero ahorita seguro está peleada o ya separada ¿Quién sabe?, se acuerda del viaje a los baños termales de Churín que se dieron los dos, gozaron como nunca, como olvidarlo.

Vuelve a marcar su número de celular y ahora ya no timbra sino de frente dice "grabe su mensaje" y luego escribe unos mensajes por WhatsApp: "dónde te fuiste", "ya llegué", "te estoy esperando". Pasan los minutos y nada que contesta, esperaré media hora más se dice y después me iré a mi casa, creo que ya no pasa nada. Sigue comiéndose la hamburguesa y tomándose la gaseosa para hacer hora. Transcurre el tiempo mencionado y nada de Grecia y ningún mensaje le ha enviado y no se ha vuelto a conectar al WhatsApp, tal vez ya regresó con el marido y están en reconciliación y yo como cojudo esperando, solo así viven estos, separándose y regresando, denunciándose y regresando y solo lo llama cuando se ha peleado y separado, soy piña pues se dice y llama al mesero y paga la cuenta, se pone de pie y se retira del local, pasan varios mototaxis haciendo sonar sus cláxones pero él quiere caminar hasta la plaza de armas que está como a dos cuadras y darse unas cuantas vueltas, tal vez pase algo o sino ya irse a su casa a dormir con su frazada tigre, que con este frío de miércoles es lo mejor.

La plaza de armas está llena de gente que sale a caminar o a encontrarse con sus amigos para después irse a un bar o a una discoteca, y también hay vendedores de chicles, caramelos y cigarros, por ser sábado en la noche es lo normal que esté así y él comienza a dar las vueltas por la plaza y siempre mirando a todos lados por si ve a alguien conocido, pero no divisa a nadie. Quiere sentarse, pero casi todas las banquetas están ocupadas: algunos por pareja de enamorados, otro por grupo de amigos que conversan, otros solo por personas que ni se conocen entre sí, pero advierte una banqueta desocupada entonces apura el paso y se sienta a un extremo de ella.

Mientras está sentado pasa una señora que ofrece cigarros. Un par de Luckys, pide, lo hace encender y mientras mira la gente pasar, él va fumando, va por su segundo cigarro cuando se acerca una muchacha y le pregunta si está ocupado el banco, él le dice que no, entonces me puedo sentar le dice y él le responde que no hay ningún problema.

Antes que viniera la chica ya estaba a punto de irse pero ahora quiere quedarse un rato más, la chica se sienta al lado extremo del banco y saca su celular y comienza a escribir un buen rato, Joel revisa su Facebook mientras de reojo mira a la chica, sus piernas, su cintura, sus caderas, su rostro, su cabello como ondas marinas rizados que ella se lo hacía atrás con las manos de vez en cuando y dejaba ver su cuello largo mordisqueable y su perfume que era fuerte y lo embriagaba y se da cuenta que ella lo mira también de reojo.

Siguen así un buen rato, cada uno en lo suyo, Joel en ese lapso pone su cadena de plata fuera de su camisa para que se vea un poco más y sube también levemente más las mangas de su casaca para que se pueda notar su reloj marca Citizen. En un momento sus miradas se cruzan, él le sonríe y ella le sonríe también, y gira levemente el cuerpo, cruza sus piernas apuntando las puntas de sus zapatos hacia Joel y se acaricia el cabello, pero sin dejar de mirar el celular, se vuelven a mirar, y ella le pregunta que si sabe dónde queda el local de rústica.   Por plaza el sol le responde. Es que me iba a encontrar con unas amigas, no conozco muy bien Huacho pues vengo de Lima. Por acá es, señala con su mano derecha hacia el lado opuesto de la plaza, tienes que bajar toda la calle de esa esquina como tres cuadras y ahí te vas a chocar con plaza el sol, ahí puedes preguntar a un guachimán y así fácil te indican que está cerca a la entrada nomás de la segunda puerta. No sé la verdad como que me da un poco de temor ir sola a estas horas de la noche, no conozco a nadie acá. Si quieres yo te puedo acompañar, me iba a ver con unos amigos, pero van a demorar según me han dicho. Espero no incomodar, pero si estaré muy agradecida y segura ir contigo, vamos pues. Y ambos van hacia plaza el sol, cuando van bajando por la calle Colón, él le va mirando el cuerpo, que es del tipo que los hombres siempre voltean para verlo, es delgado bien proporcionado con su pantalones jeanes ajustados, el blazer que utiliza no le permite ver sus pechos pero a simple vista parecen bien proporcionados, es que a veces tienen truco, piensa, para aparentar ser más grande de lo que son, de esos ya he visto bastante, él en eso le pregunta que es lo que huele tan rico, ella sonríe y le mira a los ojos, creo que es mi perfume, y ríe ¿Cuál es tu nombre, disculpa? Me llamo Milenka, y ¿De qué parte de Lima eres? Vivo en Santa Anita responde ella.

Llegan y entran a plaza el sol y van hasta la entrada de Rústica, ella revisa su celular y escribe y luego de un rato menciona que sus amigas no van a llegar pues se les presento un problema que disculpa le dicen. Pucha entonces no llegarán. Si pues tal vez tuvieron un problema grave para no poder venir. ¿Qué vas a hacer? Si quieres entramos. Claro sino tienes algo más que hacer. No creo, mis amigos también nunca llegaron tal vez más rato pero no quiero estar esperándolos en la plaza con este frío, mejor vamos te invito unos machus pichus que son buenísimos, si me llaman podemos ir con ellos si quieres. Claro, que podemos ir después para divertirse un rato. Entran al local de Rústica, se sientan, piden unos tragos machus pichus, y comienzan a tomar y de ahí vienen otros tragos, ya entran poco a poco en confianza, él primero le acariciaba el cabello con timidez, luego le miraba las pequitas sexis en su piel blanca, y cuando él bromeaba ella se reía y se recostaba en su hombro y ahí aprovechaba para abrazarla, luego cuando ya salieron a bailar, la tomaba de la cintura, y le habla al oído ella solo se ríe y lo mira fijamente a los ojos, cuando suena la canción felices los cuatro, él le comienza a cantar y ella le hace con el dedo en forma negativa y solo se ríe, ya la hice *bro* piensa, en eso viene una salsa, la aprieta por la cintura a Milenka y la atrae al suyo, le mira a los ojos y ella lo mira también, le acerca la cara y no la aparta, como quisiera probar esos labios ella solo sonríe él interpreta eso como un permiso y la besa, le corresponde con pasión, ninguna chica lo había besado así, ya no bailan y solo se besan en medio de la pista delante de otros concurrentes al local, luego de un buen rato se sientan y se siguen besando, ella comienza a besarle el cuello, la oreja, la cara, y ella le dice que si quiere se pueden ir a otro lado, él le responde que conoce un hotel cómodo donde pueden ir, pero ella le dice que mejor se vayan a la casa de su amiga que se lo ha prestado para todo el fin de semana, que estarán más cómodos, queda por Amay.

Salen de plaza el sol, la calle está desierta, Joel mira su reloj, son casi las 3 de la madrugada, está un poco mareado, pero con el aire frío de la

89

madrugada se marea más. Vamos subiendo hasta la plaza de armas ahí tal vez encontramos algún mototaxi que nos lleve hasta la casa de tu amiga, dice. Van caminando, él la abraza como queriendo que no se le escape, cuando ya están a poco de llegar, pasa un mototaxi, lo hacen detener, Milenka pregunta que cuanto a Ramiro Priale la primera cuadra al frente del hospital regional, el conductor asiente y les responde que cinco soles, suben y como las calles están desiertas a pesar de ser sábado, que tal vez por el frío piensa Joel, llegan en menos de cinco minutos, bajan y paga, ¿Dónde es?, ven es por aquí cerca responde Milenka y le agarra de la mano y en vez de subir por Ramiro Prialé van hacia el lado sur por prolongación Moore, las calles están media oscuras, pues solo la mitad de los postes de luz funcionan en esa parte de la ciudad, después de casi cinco minutos de caminar doblan por una calle y se detienen al frente de una casa de dos pisos, Milenka saca sus llaves y abre la puerta enrejada de la entrada que da a un jardín, vuelve a tomar de la mano a Joel y suben por una escalera que lleva al segundo piso directamente y que tiene entrada propia, la sala es pequeña, Joel no espera nada la sujeta fuertemente de las nalgas, le besa la oreja, aspira su perfume floral que lo embota y le hace perder toda noción del sentido común y de la realidad, y luego la besa en la boca con una fuerza incontenible como si quisiera dejarla sin lengua, y ella corresponde de la misma manera como sí ambos se quisieran comer mutuamente, él se encuentra acelerado: los tragos, la sangría, la música, ese perfume, una mujer así, blanca como ninguna con las que había estado, como un helado de leche y tan hermosa y sensual como el peor de los pecados que solo se mira pero nadie quiere cometer y con una voz seductora y suave así como le gustan. Grecia es bonita, pero no como Milenka claro. Joel le saca el blazer y le va besando el cuello mientras le desabotona uno por uno su blusa y luego la ve solo en sostén, que no tenían truco piensa, y se lo saca sin pensarlo mucho y cuando ya las deja libres, se queda estupefacto ante su forma, con una areola rosada, sus pezones están erguidos, sus senos son más bien medianos pero redondos y cuando los toca con las manos son duritos y se embota más, se los mete a la boca como niño hambriento y los siente calientes y con sabor dulce, les da una ligera mordidita. Milenka le pide que más despacio mientras le acaricia su cabello, no seas malo, no me los lastimes, vamos más despacio, vamos mejor al cuarto que estaremos más cómodos y lo toma de la mano y se lo lleva al dormitorio.

Acuéstate en la cama amor, y cierra los ojos mientras te hago todo, vas a ver cómo te va a gustar, ponte estos tapaojos, pero no me hagas trampa. Él le siente su respiración muy cerca y luego con una mano se lo agarra, él le busca con su mano su cabeza pra que ya empiece, que no me hagas trampa amor, no seas impaciente. Él se calma y respira profundamente esperando el goce más grandioso que le hubieran dado y unos segundos después siente un hincón de aguja al costado de una de sus nalgas, él pregunta que es eso, y quiere quitarse el tapaojos y levantarse pero no puede y sus manos apenas logran agarrar los tapaojos pero estas no tienen la suficiente fuerza para quitárselos y caen pesadamente sobre la cama e intenta levantarse pero no puede, e insiste con más fuerza pero nada ¿Qué me pasa? ¿Qué me has hecho Milenka? Siente que a duras penas le salen las palabras y después ya no puede seguir hablando.

A partir de ese momento Joel solo puede escuchar, pero apenas escucha pequeños ruidos, no puede ver, no puede moverse y lo sigue intentando, pero no puede, quiere hablar, pero no puede. ¿Podría ver? ¿Quién sabe? Le parece que solo los párpados podrían mover, pero los tapaojos no lo dejan comprobarlo, y Milenka no le dice nada.

Luego de un rato en que hay un silencio de sepulcro, escucha que alguien marca un celular, sabe que es Milenka pues ella después de un rato comienza a hablar, que ya está listo dice, ya suban con todo el material. Al poco tiempo comienzan a haber ruidos diversos: una puerta que se cierra y se abre, algo que rueda, pasos de gente, que serían dos o tres personas, escucha la voz de un hombre.

¿Este es? Déjanoslo, ya nosotros nos encargamos, mañana te entrego tu sobre, ahora lo inyectaremos para que se duerma y le pase la borrachera. Se ve muy bien, es joven y se ve que se ejercita, sus órganos serán vendidos rápidamente y a buen precio.

Joel quiere levantarse, pelear, correr, pero su cuerpo no le responde y de pronto siente una inyección y rápidamente pierda la consciencia y ya no supo más.

Cristian Salgado Núñez (Honduras, 1997)

Es técnico agropecuario graduado del Instituto Técnico Pedro Nufio. Por muchos años fue dirigente estudiantil y su participación política le permitió viajar por el país y conocer su realidad. Actualmente trabaja en el sector de educación infantil en Washington, DC, donde reside desde 2017. Forma parte del Taller de narrativa de Virginia desde febrero de 2018.

Camino de rosas

El día de nuestro cuarenta aniversario mí esposa y yo decidimos celebrarlo de una manera sencilla, una celebración sólo de ambos.

Apagamos la televisión que nos sirvió los treinta años anteriores para tapar los silencios que había entre nosotros. A modo de tregua uno hizo las tareas domésticas que frecuentaba hacer el otro. Preparé la comida; hacía muchos años que no me involucraba tanto en la cocina más allá de usar el microondas para el recalentado, pero al final recurrí a los empolvados recetarios de mi esposa. Gratiné la pasta y los champiñones, aunque a ella no le gustaran los hongos; necesité ayuda con los mariscos, porque a pesar de que yo los odiara a ella le gustaban; mi esposa se encargó de ellos mientras yo del planchado de la ropa. A las ocho de la noche todo estaba listo para la velada.

La luz de las velas proyectaba sombras desde muchos años desconocidas en la habitación. Casi como un chiste, alfombré un camino de pétalos de rosas hasta nuestro cuarto.

—Ese podrá ser el último camino que recorrería uno de nosotros porque ya no estábamos para esos trotes —se burló. Reímos con ganas porque ya sólo reír tenía excitación, luego empezamos a poner todo a la mesa.

Ella fue al baño, la esperé y luego de unos segundos me pregunté si debía servir el vino y ponerme manos a la obra con el plan; al pensarlo por un rato decidí que sí, era necesario antes que ella regresara. Saqué del bolsillo de mi traje el pequeño sobre de papel, del tamaño de una moneda, que me dio el Chamán y vacié el contenido en la copa de mi esposa. El Chamán con eso ya se había despachado a su esposa y él estaba feliz.

—Pero eso sí —dijo— debe ser injerido a los pocos minutos o las hierbitas perderían su efecto.

Cada cuanto echaba un vistazo a mi reloj, cada segundo me desesperaba y ya habían pasado tres minutos. Mi esposa no regresaba del baño, observaba mi copa cuando creí que todo el plan se estropearía.

Ella apareció por la puerta. Me supe perdido en su mirada, la misma intensidad y fiereza de cuando me enamoré. Y no pecaré de inocencia y confesaré que, como ella había dicho, nosotros ya no estábamos para esos trotes. Quise cancelar el plan, pero no podía darme mucha luz.

Poco menos de lo que tardó ella en sentarse, tardé en idear un pequeño y, debo admitir, infantil plan; ya varios en ese día. Le dije que estaba hermosa y le siguió un beso nada intencional en la mejilla. Me excusé y fui un momento al baño. Creí estar lo suficiente tiempo para que el contenido que vacié en su copa perdiera su efecto. Pero al parecer no fue así. Cuando regresé ella ya no estaba, ocupé mi lugar y observé su copa, pensé en cambiarla con la mía, para prevenir; lo hice y al instante apareció ella, silenciosa como un ánima, a mis espaldas. Muy sonriente, una sonrisa radiante que la hizo parecer mucho más joven.

Me sentí culpable por lo que quise hacer. En mi agenda mental anoté que le compraría algo para recompensarla. Brindamos. Por nuestro matrimonio, ella rio; por la salud, yo reí; por nuestros hijos, ella rio; por el amor que todo lo puede y todo lo mantiene, yo reí; por nuestro futuro, ambos reímos y guardamos silencio.

Bebimos el vino, que nunca supo mejor que ese día, yo de la que había sido su copa y ella de la que fue la mía. Seguimos la velada comiendo y bebiendo, mientras hablábamos como si fuese nuestro último día.

Cuando ella estaba más animada en su plática empezó a sudar. Con desaforo se hacía aire con las manos. Eso me asombró y me cuestioné si hice bien, si no había cometido algún error, si después de todo ella bebió de su copa. *Claro que no*, pensé al momento; entonces me sentí mal. Creía haber cambiado las copas.

A los segundos ella, apretándose las sienes, dijo sentirse indispuesta, y se fue hasta nuestro dormitorio. La seguí un momento y la vi correr por entre la alfombra de pétalos, barriéndola, directo al baño, donde se arrodilló con rapidez frente al váter y arrojó todo lo que había comido. Al instante me di cuenta de algo: que todo el pantano que había vomitado inundó el ambiente de un olor acre, que la bilis que manchaba los azulejos del baño lucía como petróleo, que después de todo ella me iba a lanzar por la ventana creyendo, sin estar casi equivocada, que yo le había dado algo.

Desanimado, regresé a la mesa. Me quedé sentado, escuchaba las arcadas con mayor fuerza y mayor desesperación, y me arrepentía de haber forzado todo hasta esa situación. El Chamán me dijo, envuelto en su bata de baño, en su consultorio, que luego de ingerir las hierbitas mi esposa se animaría a volver a encender la llama. Con esas mismas hierbas afrodisiacas él había forzado el coito matrimonial con su anciana esposa, también después de muchos años.

Recordaba que también había mencionado en realidad *las hierbitas* no eran hierbas sino la mezcla de dos hongos cultivados en las montañas del Tíbet y en las lenguas de lava Hawái. A cada recuerdo de la plática con el Chaman me aterraba, más aun cuando escuche silencio seguido de una última arcada. ¿Cómo se me ocurrió darle esos hongos si no le gustaban ni los champiñones?

—Y ni se te ocurra tomar tú de ellos, esas son hierbitas femeninas —dijo también el Chamán con una estruendosa carcajada que me acompañaría hasta el último día.

Con tristeza vi los pétalos tirados por todas partes mientras caminaba al dormitorio para disculparme con mi esposa. Ella me vio entrar al baño.

—Perdón —dije.

¿Por qué? —preguntó ella, verde y con la muerte en el rostro.

—Por darte un afrodisiaco, el Chamán me dijo que luego de muchos minutos los hongos ya no funcionarían, luego quise cambiarlas, pero veo que no lo hice.

Me observó por un largo instante que pareció eterno, sonrió muy débil.

—Trate de envenenarte, pero veo que quien cruzó los pétalos por última vez fui yo.

— ¿Por qué? —pregunté impactado.

—Ya no te importaba, pero ya veo que sí —dijo y me alzó una mano.

La tomé y me incliné junto a ella. Murió en medio de mi abrazo, sentí como mi interior comenzaba a arder como nunca.

Keila Vall de la Ville

Es autora de la novela *Los días animales* (2016), premiada en la categoría Mejor Novela (International Latino Book Awards 2018). Autora de los libros de cuentos *Ana no duerme* (2007), finalista en la categoría Narrativa (Concurso Nacional de Autores Inéditos de Monte Ávila Editores 2006) y *Ana no duerme y otros cuentos* (2016), el poemario *Viaje legado* (2016), y el texto crítico bilingüe *Antolín Sánchez, discurso en movimiento: del pixel, al cuadro, a la secuencia* (2016). Antóloga de la compilación americana bilingüe *Entre el aliento y el precipicio. Poéticas sobre la belleza* (*in press*), y coeditora de la Antología *102 Poetas en Jamming* (2014). Incluida en diversas antologías. Fundadora del movimiento "Jamming Poético" (Venezuela, 2011/EE. UU., 2017 al presente). Antropóloga (UCV), Magister en Ciencia Política (USB), MFA en Escritura Creativa (NYU), y MA en Estudios Hispánicos (Columbia University). Colabora en "Viceversa Magazine" (New York), y en Papel Literario de "El Nacional" (Caracas).

Los días animales

Capítulo I

Rafael está en el borde de un gran muro empedrado, moviendo los brazos hacia arriba y hacia abajo como un pájaro, flexionando las rodillas y aleteando como si fuera a volar, como si fuera a saltarme encima. No para de hablar. Cada vez que se inclina hacia delante creo que está por caerse. Juega, hace amagos, retoma el equilibrio, les da a las alas, se tambalea y parece nuevamente que se cae, pero vuelve al centro. Todo es *training*, dice. Control. El control se aprende. Aletea más, mueve las caderas, sigue diciendo. Hay que cerrar los ojos, dice doblando las rodillas, y cerrándolos.

Comienzo a preguntarme cuánto durará la danza, qué clase de *tempo* es éste. El ritual comienza a cansarme. Cuando estoy a punto de irme y dejarlo allí, todo se acelera. Aterriza a mi lado, tan liviano como subió.

—Esta es la universidad de Berkeley. *Iu ci at Berkeley.*

—Ya me di cuenta.

Luego estamos en el apartamento de María y Roberto, durmiendo en la misma cama con ellos y rodeados de conejos. A la derecha junto a la ventana, en la esquina, una pila de ropa sucia de la que nuestros anfitriones van sacando cada día la menos hedionda para vestirse. Huele a sudor guardado y a marihuana. Al despertarse hay que estar pilas para no pisar los charcos de orine que han dejado las mascotas. También hay excremento y comida regados. Días más tarde comienzan a aparecer bolitas marrones entre mi ropa. Los conejos y sus rastros lo ocupan todo.

El tercer y último recuerdo de esta época es en Indian Rocks. Un parque verde fosforescente poblado de moles de piedra gris y café, enormes perezas prehistóricas. No se ve nadie, aparte de los animales de roca helada. No siento las orejas. De la nariz sólo siento el líquido, las gotas que limpio e intento secar directamente con los dedos en pinza. Me seco las manos en la lycra. Los bordes de las rocas se dibujan, sus siluetas contrastan con el cielo eléctrico. Para mantener el calor de las manos hay que moverlas. Mientras descansamos de cada intento giramos las muñecas hacia un lado y hacia el otro. Estiramos los antebrazos. Estiramos los dedos y las palmas haciendo una palanca hacia el suelo con la mano opuesta. Siento los brazos entumecidos. Estirarlos arde. Rafael dice que dolor es placer y también que

101

su gran sueño es saltar en paracaídas desde El Capitán. Escalamos los bloques de roca. Estudiamos las rutas más difíciles y nos ponemos tarea.

—Ahora tú. Pie acá, mano derecha allá, la otra en la regleta. Y subes el pie. Esta mano en la fisurita, acá la otra y un dinámico. Empújate. Así. Sales por arriba. Estira bien el brazo derecho, si no, no llegas. Ve si te sirve. Así. Empuja duro. Ajá. Prueba con éste. Dale.

—Voy.

—Te tengo.

—¿Me tienes?

—Dése con todo.

Yo conocía El Cap pues él lo llevaba en una postal maltratada y con las esquinas redondeadas a todas partes. Un muro de granito de mil metros, con un corazón tallado en todo el centro, y un relieve que parece una nariz y que así se llama.

La pared brillante aparece en mi memoria posando las mismas preguntas. Cómo es posible que la roca refleje la luz de esa manera. La relación entre la verdad y la hora precisa en que se manifiesta. Si la constitución de lo que se mira depende de condiciones que le son ajenas, si la verdad depende de la hora en que se muestra o de la posición de quien la mira. Cómo es el horario de la verosimilitud. Si hay ecosistemas verosímiles o imposibles dependiendo del cristal o mejor dicho de la luz con que se ven. Por qué hay lugares verdaderos que parecen mentira. Si todos podemos vivir en cualquier ecosistema, y qué pasa si no.

Los amigos decían que él tenía problemas con la bebida. Que se ponía violento al tomar y que bebía con frecuencia. Que no paraba hasta que no veía sangre, la suya o de su contrincante, daba igual. Se destrozaba en la calle sin motivo, como un charro, o como dicen en mi país que se pelean los charros: por pura necedad o necesidad de demostrar que son machos o que pueden serlo. Yo había escuchado que él y la novia se trataban a golpes, que ella le pegaba y él le respondía a mordiscos, que se rumbeaban bolsas de perico y terminaban atacándose a dientes y puños. Que ella era una fiera. Que se montaban cachos, agarraban una borrachera y se cogían a la primera o el primero que se atravesara. Que nadie les decía que no, tenían ese imán. Todos les abrían las piernas. Luego se dejaban convencer por los rumores sobre las infidelidades del otro (ciertas o falsas daba igual, daba igual una cosa o la contraria) y el resbalón o la duda se pagaban con sangre. En carne viva.

En aquel parque verde y gris me decidí a preguntarle si era cierto. Frunció el ceño y se puso de pie.

—Este *boulder* es así. Yo uso este apoyo, tú tienes que ver si llegas desde acá, si no usa este otro —respondió antes de subir a la roca triangular para salir en tres segundos por el tope—. Es fácil. Prueba tú. Mosca. Control.

Así estuvimos, buscando problemas.

Con las manos ya enrojecidas, sintiendo la alquimia del magnesio y el sudor acumulado bajo las ropas de invierno, nos refugiamos del viento tras la roca más grande, sacamos el termo abollado y tapizado de calcomanías y bebimos un café. Mientras nos turnábamos la taza yo cubría con esparadrapo una ampolla a punto de explotar y él separaba las semillas del monte que había llevado en una lata de caramelos sin caramelos. Era fosforescente, parecía musgo, y como era habitual en la hierba que comprábamos al caliche, nos dejó enchufados y con los oídos sordos en apenas tres patadas. Rafael hablaba sin mirarme, para sí mismo. Para sus oídos comprimidos.

—Yo aprendí que tomar de una botella es coñaza segura, sangre. Abro una botella, de lo que sea —dijo acentuando el tono con una mirada fija y muy seria, con el entrecejo arrugado—, de lo que sea, Julia. Y pierdo la cabeza. Tengo demasiada energía.

Mientras tanto seguía con su faena, llenando otro *rolling paper* y deslizando sus pulgares hacia los demás dedos extendidos.

—A veces siento que puedo detener un tren en movimiento. No lo sé explicar, cuando trato me confundo.

No dije nada más. Sus dedos inflamados y callosos, rígidos en apariencia, casi deformes, trabajaban con delicadeza, acariciando el papel al enrolar y cerrar el tabaco. Un constructor plegando un *origami*. Pasó la lengua. Terminó de cerrarlo. Me lo ofreció con los brazos estirados, inclinando la cabeza y mirando hacia mis pies. Había una cinta tensa entre las dos imágenes, de un lado el cuerpo tosco, del otro la atenta reverencia. Dos posibilidades. Lo tomé en mis manos y devolví el gesto. Jugué el juego de la damisela. Encendí el tabaco extrañada por mi fascinación ante el quiebre, ante lo insólito. Vas viviendo y te vas conociendo.

—Sólo sé que ya no me peleo —continuó—. Vivo tranquilo, he aprendido lo que es dejarse llevar. *Go with the flow*, le dicen acá los gringos.

Me preguntaba si lo del tren era cierto, si él mismo se creía súper poderoso, me asombré ante lo infantil que se mostraba ahora la imagen. Hablaba como si tuviera ocho o diez años. Pensé que la plasticidad y la incongruencia se dan la mano y que, visto desde fuera, el tránsito en la cuerda incomoda. Las versiones posibles del hombre /frente a ti sólo molestan si las ves de lejos, desconfiando, si te niegas al pacto. Todos somos especie en evolución. Camaleón amenazado. Una sola cinta elástica desde que naces hasta que te mueres.

Pensando en la incongruencia tuve que ponerme de pie. Una arenita en los ojos.

–¿Quieres volar?, –me preguntó.

Con las manos reventadas y el termo ya vacío, acostado en la grama boca arriba con los brazos y las piernas estiradas como columnas hacia el cielo, me da un par de indicaciones. Doblo las rodillas y poso mi espalda en sus cuatro plantas. Me voy hacia atrás. Sus pies reciben mi espalda lumbar, siento sus dedos. En sus manos apoyo mi dorsal. Soy un arco, mi pecho se abre hacia las nubes, los brazos caen relajados hacia cada lado. Como muertos. Me cuesta respirar, los pulmones no tienen espacio para inflarse, me ahogo, pero es el miedo.

–Abre las alas. Relaja las alas.

Comienzo a respirar. Cierro los ojos. El miedo desaparece. Me pliega, masajea mi espalda con sus plantas y palmas, me hace girar y yo me dejo, mi voluntad es no tener voluntad. Entra el aire. La fuerza que atrae hacia el subsuelo es la misma que te eleva. Veo frente a mí el color de la grama. Siento la presión de sus extremidades hacia los pliegues de mi cuerpo. Siento mis ingles pesadas, confiadas a sus pies. Siento mis axilas descansando en sus manos. Me recorre al moverme. Me da un par de vueltas más, como a una enredadera. Soy un nudo. Me envuelve y desenrolla, me tuerce y suenan mis vértebras. Cierro los ojos cada tanto para no estar al tanto de lo que él ve. Para no saber qué le muestro. Mi escote. Mis nalgas. El anuncio de mi bajo vientre, dos milímetros se escapan de la lycra hacia la luz. Todo pasa. No importa tu cuerpo cuando te toman el cuerpo, si te ocuparas no te dejarías tocar jamás. Estoy flotando y no tengo que hacer nada. Soy una medusa. Crezco desde las cuatro pulsaciones acuáticas que me ofrece como seguro. Soy embrión nadando en el vientre de mi madre. Rafael lo llama volar. Yo lo llamo bucear, volver al útero. Soy anfibia, apneísta. Debes cerrar los ojos bajo el agua. Soy fauna abisal. Dentro del cuerpo no hay luz.

El frío y el miedo desaparecieron y no supe cuándo. Al final separé los párpados. Todo fondo tiene su costa. Ante todo precipicio hay un paisaje. Cuando me devolvió a la superficie flexionando las piernas y posándome lentamente en la tierra, era hora de irse.

—Eres una natural.

Me quedé allí. Asombrada por la confianza, por la entrega viscosa, por el hormigueo en el bajo vientre a pesar de las capas de ropa y de lo germinal de todo aquello, tomé nota. Acepté la foto, retomé mi nuevo cuerpo reconociendo la ausencia de mandato sobre una porción de mí. Él recogió nuestras cosas. El viento elevándose desde la ciudad hacia mi rostro me enfriaba las mejillas. Este es el comienzo, sentí sin saber. Pasa a veces. Es cuestión de tiempo. Toda ventana debe abrirse y mostrar algo. Hay fotos que entiendes mucho después de haberlas visto por primera vez. Hay semillas inciertas. Se van desplegando las primeras hojas y ahí es que sabes. Dos días más tarde me dolía todo el cuerpo. Como después de una buena revolcada.

Poco tiempo más adelante yo tuve una demostración, un abrebocas de cómo era lo del tren en conjunción con lo de alcohol. Lo presencié en Caracas la noche del DJ. Fuimos a una fiesta a la que nos había invitado Lupe, que salía con un guitarrista y se la pasaba sonsacándonos, en parte para compartir el ratón, para no ser la única escalando con lastre al día siguiente en La Guairita, pero sobre todo para no descubrirse sola en una esquina oscura de cualquier discoteca en plena madrugada, sin saber dónde buscar a su rockero, con dos borrachitos en plena función erótica como únicos acompañantes, o junto a tres periqueros peleándose por una bolsita común. El pana era de lo más popular, se detenía a saludar a medio mundo cada dos pasos, así que si Lupe iba sin compañeros de cordada la pasaba mal. Anestesiada por el alcohol quedaba sola en la mitad de la pista o atravesada en un pasillo mirando hacia los lados sin ancla. Colgada en el vacío. Hasta que apareciera el chico, hasta que la compañía accidental se le hiciera insoportable, o hasta retomar la fe y las fuerzas y decidirse a seguir buscando. En una de esas lo encontró entrando con otro tipo al baño de hombres.

—Coño, no estoy segura de qué vi. Fue un segundo, no estoy segura.

Lo que vio por el resquicio de la puerta no quiso contármelo. Sólo sé que involucraba unos pantalones abajo, una bolsa de panadería y una aguja. Nada por la vena, le había prometido él desde el comienzo. Era el pacto. Nada por la vena.

La última noche que la acompañé fue la que terminó con el episodio del tren y Rafael. Ya íbamos de salida, nos habíamos subido a la camioneta de Tomás y sólo esperábamos por Lupe, que sentada en el puesto del copiloto se caía a besos y a la vez se peleaba con el guitarrista a través de la ventana, sin intenciones de despedirse.

–¡Ya! ¡Páguense un cuarto o mándense a comer mierda!

Por más solidaria que quieras ser. No te aguantas aquel espectáculo decadente después de tanta rumba y menos a esa hora, sintiendo el propio cerebro frito, intuyendo el dolor naranja del amanecer en los ojos. Hubiese caído dormida, pero si cerraba los ojos me iba en vómitos. En eso Rafael sale por la ventana de atrás de la camioneta, salta como un mono de mi lado hacia la calle, o como un leopardo: rapidísimo, híper ágil. Sin motivo aparente, de verdad, a excepción de lo de Lupe todo indicaba que estábamos por irnos, en un segundo estaba en plena calle, en contrasentido, persiguiendo al DJ, tumbándolo al piso y cayéndole a patadas. Dijeron luego que le mordió una oreja y le sacó sangre. O lo gritaba luego el tipo, desde la otra acera:

–¡Me mordiste la oreja, hijo de puta!

Eso yo no lo vi, lo de la oreja no me consta. Cuando Rafael subió a la camioneta de nuevo no logré identificar rastros rojos en su ropa. Cuando eres espectadora de una pelea todo transcurre en cámara lenta, se eriza la espalda; estás a salvo, pero a la vez estás sudando. Tomas partido por un bando sin importar los motivos o quién tiene la razón. Cuando por fin estábamos todos, Tomás metió la velocidad de mala gana. Tal vez estábamos huyendo. Arrancó picando caucho.

–¡Chamo!, ¡pana!, ¿tú estás loco?, ¿tú vas a seguir? Así no se puede, coño. –Y luego de un silencio: –Qué bolas tienes tú.

–¿Qué te hizo? –pregunté susurrando. Rafael me miró con las pupilas dilatadas y la mandíbula de hierro. Ahí me di cuenta de sus manos, estaban heridas y temblaban. Nunca había visto el espectáculo, esa emergencia en los dorsos, en los dedos, los puños apretados aún. Las uñas clavándosele tal vez en las palmas. El tono de voz, el quiebre evidenciando el miedo sólo en parte superado gracias a los golpes recientes. Las personas se pelean para acabar con el miedo. Mejor rojo una vez que colorado mil veces.

—Ese gordo maldito me la debía. A los habla paja hay que darles pa'que aprendan.

Así. Punto. No dijo más. En pocos momentos el mareo y las náuseas habían desaparecido.

—Pana, te dejo a ti primero. No te quiero ver; arranca —le dijo Tomás. Y luego dándose golpecitos con el índice en la sien: —Tú estás mal de la cabeza. Tú lo que estás es tostao.

—¿Qué? ¿Pendiente de un perro donde el portugués? —respondió Rafael.

—Qué perro ni qué perro. Tú lo que estás es quemao.

Eso fue lo último que escuché antes de apoyar la cabeza en los muslos de Rafael y caer rendida.

Sus historias con el resto del mundo siempre me parecieron cosas suyas con el resto del mundo, asuntos en los que yo no tenía nada que ver. Mientras no sea conmigo, me decía, siempre imaginando algún motivo para la violencia. Él sabrá, pensaba. Por algo pasó esto o aquello. No había tragedia ni desorden, tal vez todo era parte de la misma espera. La misma cuerda tensa entre dos barrancos, amenazando con dejarnos en el aire. La misma evolución. El mismo camaleón. Aquella madrugada yo dormía como un bebé sobre sus piernas. Me parece que él me acariciaba el cabello y la espalda con las manos inflamadas, pero tal vez lo soñé. Al despertar ya estaba en la puerta de mi casa, eran casi las cuatro, y en el carro, aparte de Tomás, no había nadie más.

Sarita Vílchez Castellanos

Nació en Lima, Perú. Es abogada de profesión y escritora de vocación. 'Sara' ha publicado textos en las Antologías *Mes de las Letras*, *Tiempos Modernos* y *Tiempos Violentos* estos últimos presentados con la editorial Autómata en las Ferias del Libro de Lima y Ricardo Palma, respectivamente.

Escribe en su blog janeeyredehoy.blogspot.com. Ha participado en "Taller de Escritura Creativa en Lima" y "Taller de Narrativa de Virginia en Lima". Estudia en la Escuela de Edición de Lima. Algunos de sus textos han sido publicados por la Escuela de Escritura Expresiva "Machucabotones". Algunos de los autores de su preferencia son Bryce Echenique, Chuck Palahniuk e Isabel Allende.

De sororidad y feminismo

Julia llegó a su casa, exhausta pero complacida. *"La marcha de hoy fue más agresiva que la del año pasado, nadie nos podrá parar"* pensó mientras cruzaba el umbral de la cocina y fue en busca de algo para cenar. Se sentía hambrienta, al ver su cena en el microondas, sintió alivio, no tendría que salir a esa hora de la noche a buscar algo de comer. Saludó a su abuela, doña Rosa, con un beso en la cabeza, quién se encontraba sentada frente al televisor mirando las noticias, el canal transmitía un resumen de la multitudinaria marcha del colectivo #niunamenos de aquel año. "¿Este año hubo más gente que el anterior?", preguntó la abuela. "Sí, pero irónicamente, este año hubo más feminicidios registrados que otros años", respondió Julia. "Ay hija ¿sirven de algo estas marchas?", preguntó desconfiada Rosa.

Julia calentaba su cena mientras evaluaba qué respuesta convincente dar a su incrédula abuela, "debemos hacer más" pensó mientras miraba cómo giraba su plato de arroz con guiso de carne en la caja eléctrica como televisor de comidas. El pitido que avisaba que su comida ya estaba caliente, la despertó del sueño disperso que se tejió en su imaginación en los dos minutos treinta que demoró en calentarse la cena. Con el plato humeante, surgía la idea de un nuevo colectivo, uno diferente, mientras masticaba redactaba un mensaje a sus congéneres del grupo las que ayudaron a organizar la marcha de esa noche, animándolas a formar un nuevo colectivo social que no solo salga a las calles a arengar mensajes feministas sino que tenga participación más activa contra la violencia contra las mujeres. "No solo haríamos marchas sino que además haremos bulla y registraremos en video las agresiones que veamos en la vía pública y le caemos encima al agresor, y si alguien sufre de discriminación o la chotean por ser mujer, ahí estaremos nosotras para apoyarla", escribió Julia en el chat grupal.

La mayoría de sus compañeras estuvieron de acuerdo en formar un colectivo social diferente. Formaron el grupo por Facebook. Luego de un breve debate acerca del nombre del grupo, Julia creó el colectivo social "artemisas en alerta", en honor a la diosa griega que protegía a sus

111

hermanas y a las mortales que la adoraban, frente a los abusos de otros dioses del olimpo; escogiendo el hashtag en el fanpage #sororidadactiva. Tres de ellas serían las administradoras y evaluarían a aquellas que quieran sumarse, advirtiendo que para ello necesitaban permitir el acceso a la información de sus perfiles.

Empezaría la selección de las postulantes para ser miembros del grupo. Julia desechaba aquellas que tenían como foto de perfil los típicos *selfies*, aquel de la mueca de puchero o en ropa de baño o en alguna empalagosa pose con novios o en la barra de una discoteca o bar de moda; o que seguían a fanpages de las Kardishan, Shakira, Ariadna Grande o similares. Las descartaba justificándose en que aquellas chicas "*no sirven para nuestro objetivo, no se ven coherentes con nuestra causa, nadie que lucha por sus derechos se viste llamativa o provocativa, ni es tan superficial*". Por más de tres días estuvo enfocada en la selección, obteniendo la lista de aceptadas del primer grupo de "artemisas en alerta".

Algunas de sus compañeras enviaron mensajes al grupo de whatsapp manifestando su desacuerdo en el descarte de algunas de las postulantes y con el criterio de Julia para evaluarlas, que porque parecían muy expuestas, muy mostradas, o que no tenían profesión o que parecían desaliñadas y poco aseadas o que eran amas de casa o que no trabajaban, entre otras justificaciones; otras criticaron que algunas de las admitidas se veían "muy misias" y tenía que considerarse que el grupo necesitaba apoyo, además, financiero para las movilizaciones y las actividades que se pensaban realizar. Comenzaron las disputas virtuales, cada vez más acaloradas por las mayúsculas y los signos de admiración con que se enviaban las argumentaciones, discusiones inacabables sobre las admitidas y las descartadas al nuevo colectivo social. La férrea defensa de Julia en que no bastaba con ser sino parecer. "*¿Cómo iba a elegir a esta? Mírenla, parece cabaretera…¿qué puede saber sobre feminismo?*" respondía Julia ante las críticas de sus rechazos a las postulantes. Por su parte, las adminsitradoras defendían a sus postulantes con argumentos desde "*pero si esta chica es lesbiana, se mete al grupo para levantarse a alguien…mi amiga que choteaste sale con un chico de un canal de televisión, necesitamos prensa, radio, espacios para dejar atrás a las de #Niunamenos*".

Al cabo de dos días de batallas virtuales y letales mensajes en whatsapp, Julia decidió revisar su celular luego de tres horas que lo dejó en silencio, y encontró el mensaje de Regina, una de las administradoras, que decía:

"Hola Juli…¿sabes? Hemos estado discutiendo con un grupo de chicas que creemos que #artemisasenalerta debe ser un colectivo diferente a otros, debe ser liderada por un grupo de mujeres luchadoras, realizadas, completas, sólo asó podrían ser capaces de ayudar a nuestras hermanas que son víctimas de la violencia de los hombres, porque eso es soridad sabes, o sea estar en capacidad de ayudar a otras mujeres y sepan de qué se trata ser una mujer ¿captas? Me refiero que las lesbianas no son un buen referente, o sea el hecho que te gusten otras mujeres no te garantiza que estas en capacidad de luchar por otras, no debemos confundir, sino pues seríamos igual que las #Niunamenos, a ellas ¿quiénes las representan? Chicas lesbianas o que no tienen estudios y que han vivido situaciones traumáticas por los hombres de sus familias, sus padres, padrastros, primos, tíos, y no me canso de contar, pero para ese grupo de violentadas ya están ellas pues, nosotras nos debemos diferenciar. Querida Juli consideramos que en nuestro colectivo debemos privilegiar especialmente aquellas que son madres, los hijos pesan, los hijos jalan; estas mujeres tengan o no profesión, con o sin trabajo, estén o no casadas, pero madres, y mejor si han vivido una experiencia violenta por parte de sus parejas y hayan podido superarlo, pucha Juli es que solo una mujer que tiene hijos tiene la fuerza para luchar y puede renacer como el ave fénix, recuperarse de un matrimonio fallido o de un marido maltratador, salvando a sus hijos y aún con fuerzas para ayudar a las otras hermanas que pasan por lo mismo. No es lo mismo que te maltrate un marido, a que lo haga un noviecito o enamoradito o amigo con derecho; además, si queremos realmente ayudar a otras hermanas necesitamos además a mujeres solventes para financiar las actividades que tenemos en mente, muchas de ellas las rechazaste, Juli. Amiga, no soy nadie para juzgarte ¿ya? Pero por ejemplo tú, no eres mamá, nunca estuviste casada, no tienes novio, estudias administración en un instituto, trabajas en un galería de la avenida Brasil vendiendo películas, vives por barrios altos, andas con las justas. No te sientas mal, pero tú misma diste la idea de hacer de este colectivo algo diferente, y eso es lo que queremos hacer, piensa, amiga, en tu condición cómo podrías sumar a este grupo. Si bien, querida Juli, no estás dentro del estándar que hemos considerado para ser una 'artemisa en alerta' que ayude a sus hermanas con el lema de #sororidadactiva, estaremos encantadas que nos apoyes en la difusión de las actividades que organizaremos con pegar afiches, en el Facebook, Instagram, Twitter. Te cuento que estamos pensando organizar una sesión de yoga gratuita en el parque de la amistad, una de las chicas trabaja en la Municipalidad de Surco y otra es maestra de yoga, ambas tienen hijos y han superado situaciones de violencia de sus ex maridos; como puedes ver, ya nos estamos poniendo las pilas, porque creemos que para ayudar a sanar no basta con salir a las calles con pancartas en mano, sino hacer actividades para prevenir los actos de violencia y para ayudar a sanar en aliviarles el alma, llenarlas de paz, en eso consiste la sororidad…por fa Juli, no olvides darle like al fanpage. ¡Asu! He escrito harto, pero es que este tema me inspira, ya sabes. Muchos besos y estamos en contacto".

Una lágrima tras otra, cayeron en la casaca verde militar de Julia, ese día fue a su casa temprano, luego de culminar su turno en el stand. No fue a clases. Dejó de comer. Lloró por días. Su abuela estaba preocupada, temía que algún individuo la identificara como una de las activistas de las marchas feministas y le haya hecho algo. Julia no hablaba. No podía contestar los mensajes de reclamos de las postulantes que fueron aceptadas y luego eliminadas, que le pedían explicaciones.

Una semana después, una de sus amigas del #Niunamenos la buscó en el instituto, al verla se preocupó por su aspecto. *"¿Qué carajos te pasó? No me digas, ¿alguno de esos maricones que nos insultan por facebook te hicieron algo?"* preguntó la amiga. Julia la tranquilizó, le dijo que tenía mucho trabajo, que en el dueño del stand botó a uno de los chicos y ella tenía que cubrilo, que no estaba durmiendo bien. Todo lo que la pudiera convencer y alejarla de la verdadera razón de Julia. Su amiga le contaría de las nuevas integrantes del grupo y que Regina la había botado del grupo porque no tenía hijos, no tenía plata, y muchas otras cosas. *"Vamos a cagar a esas pitucas, hagamos un nuevo grupo #verdaderasororidad ¿qué dices?"*. Las palabras de su amiga la animaron. "Julia, no necesitamos el facebook, vamos a organizarnos por whatsapp, por ahí pasamos la voz y que se sumen las que crean en una verdadera causa, anímate, carajo".

Algunos meses después, en redes sociales se anunciaban una nueva marcha contra la violencia hacia las mujeres, la muerte de una chica por un tipo que la acosaba y que la quemó roceándole petróleo en un micro. Este hecho indignó al país entero. Julia y sus amigas se organizaron, pancartas en mano, polos blancos con letras rojas 'dejen de matarnos', se juntaron en el centro cívico, en el cercado de Lima. Mientras esperaban a Mireya, la encargada de traer las matracas, silbatos, trombones, cornetas, todo lo que haga bulla y llame la atención de la ciudad, repasaban las frases que arengarían y acordarían que si veían a algunos periodistas les hablarían para que les tomen fotos o les tomen declaraciones. Reunidas en el parque entre el Hotel Sheraton y Palacio de Justicia, escenarios contradictorios y apocalípticos. *"¡Carajo! los que vienen a perdir justicia están cagados si no tienen plata para invitar a algún juez pendejo un almuerzo buffet en este puto Hotel"* pensó Julia admirando ambos frentes de la ciudad. Ya agrupadas y con instrumentos para hacerse sentir, una ola con larga marea de cientos de mujeres, se dirigían a Plaza San Martín. Al llegar vieron un grupo menos numeroso que haciendo una circunferencia alrededor admiraban como unas chicas realizaban una coreografía de una canción de Beyoncé 'Singles Ladies', mientras algunas chicas repartían toallas higiénicas, muestras de shampoo en sachets, entre otros merchadising de algunas marcas comerciales.

—   Pero, ¿qué mierda es todo esto? —dijo una indignada Julia al ver el escenario.

—   Por culpa de cojudas así es que los hombres se burlan de nosotras y nadie toma en serio estas cosas —respondió Mireya, la más brava del grupo.

—   Empezemos a proclamar, así las vamos callando a las tipas esas —ordenó Julia, quién divisó a Regina a los lejos, al verla la saludó levantando el rostro de lado mientras que ella le respondería con la palma de la mano agitándola suavemente.

—   ¡Hermanas! Llegó la hora de la verdadera marcha feminista contra la violencia que cada día nos mata…¡Dejen de matarnos! ¡Hagan justicia! —gritó Mireya.

Las chicas del otro grupo pararon la coreogragía, los trombones y cornetas opacaron la canción y la gente se bría del círculo y se uniría al otro grupo. Regina buscó a Julia, le pidió que esperen que la's chicas terminen el baile y luego de ello ya podían empezar a gritar. "¿Quién mierda te crees?" respondería Julia. "Nosotras hemos llegado primero" refutaría Regina. "¿y? Este es un lugar público y mis amigas y yo, mujeres que no necesariamente tenemos hijos, pero que nos han sacado la mierda muchos hombres sin estar casadas, haremos escuchar nuestras voces, porque para eso son estas marchas, mamita, así que no me jodas y sigue bailando o ponte a meditar, lo que mierda quieras" dijo Julia y se volteó hacia su grupo. Regina al regresar a su grupo les explicaría que mejor se iban a la plaza de armas para dejar a esas chicas que hagan bulla ahí. Algunas no estaban de acuerdo, vendrían medios de televisión a hacer tomas de la marcha, tenían que ver que no somos violentas y que podrían dar un mensaje a las autoridades.

Los periodistas de los más importantes diarios captaban los momentos de la marcha, dejaron de enfocar la coreografía para ponchar a las féminas de polo blanco y letras rojas. Algunos medios se acercaron a Julia a preguntarle qué finalidad tenía esta marcha, quien se encargaría de hablar del nuevo colectivo #verdaderasororidad, que ellas sí luchan por los derechos de sus hermanas violentadas por hombres como el asesino del petróleo. Regina se metería en la toma, agregando que las autoridades deben ayudarlas que solo con el apoyo de las instituciones se podrá detener estas injusticias. Julia la empujó y jaló el micro del reportero *"¡Basta de minimizar esta situación! ¡Nos están matando! ¡Escúchennos: somos mujeres, tenemos derechos, no importa si tenemos plata, si tenemos hijos o no, si trabajamos o no, si tenemos uno o varios maridos, nadie tiene porqué matarnos! ¡Las autoridades son las primeras cómplices de toda esta desgracia!"* manifestaría Julia ante la cámara. Regina se interpondría en la toma y pedía tranquilidad e invocaba a la Ministra de la Mujer, al Defensor del Pueblo, a las congresistas de la República, a que vengan a la Plaza San Martín a sumarse a la reunión de las 'artemisas en alerta' quienes se preocupan verdaderamente de la situación actual. Un empujón la sacó de la toma televisiva.

El reportero les pediría calma al ver que un grupo de mujeres se enfrentaban con insultos y pechando a otras quienes las filmaban con sus teléfonos. Una de las artemisas se acercó al camarógrafo y le pidió que no las filmara a las revoltosas porque la marcha se iría a la mierda *"amigo, ellas van a fregar el reportaje, al ver que hay violencia nadie nos hará caso, además, míralas, qué parecen, nos van a ver en otros lugares del mundo, no pueden creer que todas las peruanas somos así, ¡Qué desastre!"*. Una de las amigas de Julia al escucharla, la arrastró de los cabellos, pidiendo a gritos que repita todo lo que le dijo al camarógrafo, las demás se amontonaron y trataron de separarlas. Empezaría una batalla de pancartas que sirvieron como armas para propinar golpes. Los gritos despavoridos de las que no sabían responder a los puñetes. *"Ahora pues, china ridícula, tu box y huevada de tae kuondo no te sirva de nada, por eso a estas flacas les sacan la mierda los huevones que tienen de maridos, creen que se van a romper"* decía Mireya mientras se trenzaba con Adriana, una profesora de Taebo en un gimnasio de Surco. La prensa captó las pullas, jalones, rostros de odio entre las manifestantes. Improperios alusivos a la facha, a la tendencia sexual, a la higiene e ignorancia entre unas u otras. *"¡Quítenme a esta lesbiana de encima! Todo lo que hace para tocarme, es una mañosa"* pedía una fúrica Adriana.

Al ver estas escenas, una reportera de canal de cable, dirigiéndose a la cámara, teniendo de fondo a las manifestantes enfrentándose unas a otras, hizo una seña al camarógrafo para que enfoque la toma entre ella y la trifulca:

"Nos encontramos en la Plaza San Martín cubriendo la marcha contra la violencia hacia la mujer. Luego de la muerte de Evelyn, nuestra indignación y desaprobación sobre conductas de violencia contra la mujer aumenta, junto con los índices de casos de violencia y feminicidios denunciados. Nos enervamos con estos casos, andamos en alerta frente a cualquier piropo callejero, o socorremos a otras mujeres que son víctimas de tocamientos, insultos o golpes en plena vía pública o en el mismo transporte público, porque creemos que los hombres son el enemigo...
(por el auricular la productora le dice a la reportera: corta ya la transmisión, carajo. No te pagamos por opinar)
...pero ¿qué pasa cuando es una mujer la que agrede, discrimina y ataca a otra mujer? ¿Dónde quedó la sororidad en ese caso?...

(La productora le dice al técnico que la saque del aire, pero la tranmisión no se corta y entonces ella grita por el auricular: ¡imbecil de mierda! ¡estás despedida! ¿me oyes? ¡despedida!)

…aquí no veo sororidad, señores televidentes. No veo una mierda y les cuento en exclusiva que me acaban de despedir por interno pero soy yo la que se larga. Fue Samantha Ruiz para "Oculto poder".

Una hora más tarde la casilla de voz del celular de la reportera ha colapsado. Diez mensajes de voz de diversos medios que quieren entrevistarla y tres productores quieren reunirse con ella "para conversar de proyectos".

3 M

Somos las tres "M", como nos llaman algunos familiares. Somos tres 'm', con m de María. María Inés, mi abuela; María Luisa, mi madre; y yo, María Julia. Tenemos muchas 'm' en común, además de la 'm' en nuestro primer nombre, tenemos la 'm' de mujeres, la 'm' de matrimonio y la 'm' de muerte. Las tres, en algún momento de nuestras peculiares existencias estuvimos casadas, pero ya no más. Fueron la muerte y el desamor quienes borraron esa m de nuestras vidas y de los registros civiles. Tenemos en común maridos, hijos y padres a quien lloramos cada cierto tiempo por culpa de la 'm' de muerte. Cómo ven, tenemos muchas 'm', sí también tenemos la 'm' de mierda, también. Tenemos muchas 'm' en común, menos la 'm' de maternidad.

María Inés, mi abuela, fue madre porque *"así tenía que ser y es que, en esa época, no había de otra. La gente nacía, crecía, se reproducía y moría. Ahora es diferente, ahora le suman otras cosas como viajar o escribir un libro o simplemente vivir"*, fue su respuesta aquella tarde en la que ambas disfrutábamos un delicioso chocolate caliente que preparé siguiendo su receta, y en la que se me dio por preguntarle si siempre quiso ser madre. Me contó que cuando era joven, las mujeres se quedaban en casa y se les educaba para ser buena esposa y buena madre, pero ella no entendía de eso. Ella sólo disfrutaba jugar con sus hermanos Mario y Samuel, y leer los libros de su tía cuando esta se quedaba dormida en las tardes de tejido. María Inés perdió a su madre a los trece años, y fue madre a los quince años, antes de terminar el colegio, y lo hizo por escapar de su otro destino, como ella dulcemente sentencia.

Aquel escape del destino ocurrió una tarde en la sala de su casa en que se escabulló entre el sillón grande y la mampara de adornos. Sentía curiosidad de con quién hablaba su tía Rosa, vio que era el sobrino del señor Juvenal, el joven Guido. Su tío y él estaban a cargo de un negocio de imprenta, el cual heredaría algún día frente a la carencia de estirpe de don Juvenal. Hablaron sobre el futuro de la chica, como dijo su tía, que una vez que termine este año, se iría a un internado a terminar el colegio, donde ahí la formarían para ser una buena esposa. Guido se comprometería con doña Rosa en cubrir los gastos del internado y ella se comprometía a dar en matrimonio la mano de su sobrina. Al escuchar el plan, María Inés salió corriendo, no entendía por qué su tía quería entregarla a ese hombre que ella no conocía ni quería. Corrió y corrió muchas cuadras en busca de su hermano Mario para contarle la atrocidad del plan, no lo encontró. Se chocó con José, un vecino del barrio, esbelto, moreno, de unos veinte años, que trabajaba en la carpintería de la esquina con su padrastro. Tenía tres hermanos, el menor de éstos era muy amigo de Mario. María Inés casi ahogándose, le preguntó por su hermano, José dijo no haberlo visto; al verla muy agitada le preguntó qué le pasaba, la invitó a entrar al taller para recuperar el aliento, José le traería un vaso de agua. En aquel momento, María Inés recordaría la película que su tía Rosa le contó a la vecina, una de Pedro Infante, en la que una muchacha estaba comprometida con un hombre que no quería y para deshacer el compromiso se hizo mujer de otro hombre al que ella sí quería, quien finalmente le cumplió y se casó con ella. María Inés no quería que nadie le cumpla ni buscaba ser querida por un prospecto de Infante, ella solo quería deshacer el plan de su tía Rosa. De un impulso, María Inés dejó el vaso de agua sobre la mesa de trabajo de José y lo besó. Éste sorprendido, la apartó, ella insistió y lo llevaría de la mano hacía el almacén del taller. Fue la protagonista de su propia película. Al terminar, agradeció a José y que le pidió que no le diga a nadie ni que se preocupe por el sangrado, ella estaría bien. Al regresar a su casa, le contaría a su tía Rosa, al estilo del guion de la película contada, que ella ya se había hecho mujer con otro hombre, no le dijo de quién se trataba solo de que ya era mujer. La tía Rosa se asustó y le exigió que diga a quién se le debía atribuir tremenda afrenta a su honor. María Inés no habló y solo lloró, recién ahí sintió el dolor entre las piernas y el ardor en su jardín secreto. Dos días después José se apareció en la casa de doña Rosa, vestía camisa y pantalón, zapatos lustrados y un ramo de lilios, se sorprendieron al verlo en la puerta, y se sorprendió aún más cuando le dijo que venía a cumplirle a su sobrina y pedía su mano en matrimonio. Doña Rosa absorta no entendía de qué iba todo esto, lo humillaría, cuestionando su condición económica y que qué podría ofrecerle a su sobrina un tipo como él. "La libertad de decidir. A mi lado ella será la que decida que se debe o no hacer. A mi lado, nadie decidirá por ella". María Inés saldría de la cocina y le diría a doña Rosa que ella decidía aceptar a José. Y así pasaron casi sesenta años juntos, llenos de agradecimientos por haberla ayudado a escapar de su otro destino y por darle algo que ella anhelaba: decidir por y para ella. A cambio ella le dio seis hijos. "Y es que tenía que ser así sea con tu abuelo o con el sobrino de don Juvenal. En mi época las mujeres tenían que reproducirse y yo lo hice porque no conocía de otras opciones, no me arrepiento, pude escapar de un destino, pero no podría haberme escapado de la maternidad". Mi abuela tuvo seis hijos propios, dos hijos de mi abuelo que crio como suyos y muchos hijos, ahijados, sobrinos, nietos y bisnietos que fue adoptando sin trámites oficiales durante todos estos largos años. Estuvo casada, con 'm' de matrimonio, hasta que llegó el final, con 'm' de muerte. La maternidad es parte de su ser, es parte de su personalidad, es parte de su naturaleza. Con 'm' de maternidad.

Mi madre, María Luisa, es madre con 'm' de mamá, lo cual es un regalo divino, como ella lo describe. Para mi madre, la maternidad, con 'm' de mamá, fue un regalo de Dios. Cada vez que la escuchaba decir eso, pensaba que exageraba y que aquella expresión resultaba sacada de un guion de novela mexicana. Hasta que un día le pregunté el porqué de esa frase, me contó una historia muy rosa como el algodón de azúcar, muy tierna y maternal como es mi madre con 'm' de mamá. Desde que María Luisa tuvo su primer periodo menstrual se retorcía por los cólicos ováricos, desde fiebres, hasta descompensaciones inesperadas. Cuando estudiaba en la academia, una amiga le contó que su hermana mayor tenía tres años de casada y no podía salir embarazada, y es que el problema estaba en los ovarios, su hermana desde muy joven sufría de dolores abdominales en cada periodo menstrual, esos eran los síntomas de esa enfermedad que la dejó estéril, cada mes los cólicos ováricos eran más fuertes, afirmó su amiga. Al escuchar esto, María Luisa sintió temor que ella también iba por ese mismo camino. No quiso contarle a nadie, tenía miedo ir al médico a que le confirmen el diagnóstico de una futura nula maternidad. Desde ahí comenzarían sus secretas angustias de no llegar a realizarse como mujer, y es que, era ése, el mantra de mi madre, quien no sabía que lo anhelaba hasta que creyó tener grandes posibilidades de infertilidad. Siguió con su vida, los dolores mensuales y la angustia intermitente de un muy probable cuadro de no-puede-traer-bebes-a-este-ni-a-otro-mundo. Al poco tiempo ingresó a trabajar en una empresa como asistente de gerencia, donde conoció a Raymundo, mi padre, a quién luego de varias invitaciones haciéndose de rogar para salir, por fin lo aceptó. Se enamoraron. Mi madre estaba tan ilusionada con mi padre, que cada sábado asistía a la iglesia de San José de Jesús María, solo para presenciar las bodas que se celebraban. Pensaba que sería dichosa que Raymundo le proponga casarse. Ellos se enamoraron, cada día más y más, hasta que ya no pudieron más y dieron rienda suelta a la pasión y a sus instintos. "Eran tiempos distintos a los de mi madre, además ya era mayor de edad y con mi carrera por terminar" se justificaba mi madre sin que yo la juzgara. Una tarde en que iba al cine con mi padre, mi mamá tuvo una descompensación y muchas náuseas, atribuyeron el hecho a la canchita de aquel bar bohemio al que la llevaba mi padre para escuchar *covers* de The Rolling Stones, Santana y otros más. Luego vendría la ausencia menstrual. María Luisa, mi madre, atribuía sus síntomas a cualquier cosa menos a un embarazo. Hasta que un día mi padre le propuso hacerse una prueba. Fueron al consultorio de un amigo médico de mi papá, quien al examinarla y ordenar los exámenes de sangre, los citó nuevamente tres días después, confirmando que María Luisa estaba embarazada. Mi madre cuenta que antes de sentir miedo, sintió una inmensa alegría, un júbilo que llenó su alma, una encantadora sorpresa de saber que, pese a los cólicos ováricos, ella no era estéril, tendría un bebé y sería del hombre que ella amaba. Se sintió bendecida, tal cual lo cuenta. Mi padre también se alegró, un poco nervioso al principio, pero nunca pensó ni insinuó echarse para atrás, todo lo contrario, quería casarse con ella cuanto antes. Ambos llegaron a casa de mi abuela Caridad, la mamá de mi papá, y le dieron la noticia. Mi madre cuenta que mi abuela Caridad se alegró mucho, le preparó una taza de avena y leche para que tenga fuerzas desde ahora, y ambas lloraron de emoción. Luego de la algarabía, ambos fueron a hablar con mi abuela María Inés, quien estuvo reacia al principio de dar la mano de una de sus hijas para casarse, con 'm' de matrimonio. Ella quería comprobar que mi padre lo hacía por amor y no por el hecho de cumplirle a su hija, y es que eran otros tiempos, como ambas lo dicen al unísono, no necesitaba casarse solo por un hijo. Mi padre mantuvo firme su propuesta y confirmaría que amaba a mi madre, ella por su parte al estilo de la película "historia de amor" de Ryan O'Neal y Ali McGraw, le juraría a su madre que ellos se amaban y que es ese amor, que es más fuerte que todo, hizo que lo imposible para ella sea posible, como fue el ser madre con 'm' de mamá. En la versión de mi abuela, mi mamá y mi papá eran una versión de Sonny Bono y Cher, ambos jóvenes, ingenuos e ilusos, que solo querían vivir de su amor y jugar a que criaban un hijo, *"pero qué podían saber estos chicos de crianza si lo único que hacían era mirarse como tórtolos y que amorcito por acá que amorcito para allá"* cuenta burlona mi abuela. Para María Luisa, la maternidad es un regalo que la vida le dio, tener los hijos que tuvo, fue lo mejor que le pudo pasar, fueron la materialización pura del amor que mi padre, Raymundo Bono, y ella, su Cher, sentían, y es que *they've got each other*; hasta que el final, con 'm' de muerte, los separó. Pero los hijos fueron esa continuación de su amor. Y es que no exagero cuando digo todo esto, María Luisa tuvo un sueño: ser madre, con 'm' de mamá, y la vida se lo concedió.

Para mí, María Julia, una de las tres 'm', con 'm' de mujer, con 'm' de María; las cosas fueron y son un tanto diferentes. Estuve casada con m de matrimonio, pero no fue por escapar de un destino, ni porque el cielo me enviara un regalo que se carga luego de nueve meses y en adelante; no, lo mío tuvo otros factores: el amor, la ilusión, la vida compartida, los ideales y sueños que por un buen tiempo giraron alrededor de él. En mi caso, el final no llegó con m de muerte, sino con la d de desamor. Antes del desenlace, hice lo que pude por mantener la llama, protagonicé muchas veces con mis amigas, la letra de una popular canción, preguntándoles cómo podía hacer y ellas respondiendo que entregué todo, pese a que todo se lo di, pues que inventé otros modos; y él se fue y me quedó lo que vivimos, ni sus consejos ni mis intentos de seguir, me alejaron del dolor. Lo sé, también dirán, que son cosas del amor. En este vía crucis, las tres m estuvimos juntas, ellas apoyándome y convenciéndome que tenía que cambiar de canción, que si bien ayer estaba junto a él y hoy se ha ido, que si bien he compartido junto a él la noche tibia y el amanecer, y que junto a él he descubierto la dicha; pues que ahora debía brindar por mí, por él, porque le vaya bien, y que mañana veré que es mejor olvidar que llorar por amor. Mientras las escuchaba, mentalmente cantaba mi propia letra, en la que él era un gran necio, un estúpido engreído, egoísta y caprichoso, como el viento impetuoso, pocas veces cariñoso, inseguro de sí mismo y otras características más. Al final de este variado cancionero, quedamos el silencio y yo. Hablar conmigo misma, me ayudó a reconocer que yo no era mi abuela, que no tenía que estar junto a alguien por agradecerle que me haya liberado, que no era una mujer que no tenía de otra y que no tenía que buscar la maternidad con m de madre. Ni que tampoco era mi madre, que no tenía que esperar expectante que el cielo me mande un bebé para sentirme realizada. No. Yo soy María Julia, para quien la maternidad se escribe con d de decisión y o de opción. Soy la Maju, aquella que cuando llegó el final del matrimonio, con d de divorcio y de desamor, se replanteó su futuro viendo que tenía opciones y que la realización como persona que se escribe con m de mujer, no se alcanza con un embarazo, náuseas, babyshower, canciones de cuna ni desvelos por angustias. No. Para la Maju, aquella chica empecinada, voluntariosa, determinante, como me describe mi abuela en sus conversaciones con señoras de su generación, existen otras fases de la vida, como viajar, experimentar, estudiar, aportar a esta vida, disfrutar, escribir, leer, perderse, encontrarse, y otras cosas más que se me van ocurriendo. Cuando les comuniqué que no buscaba ser madre en la caja de regalos celestiales, ni tampoco lo tenía en mi lista de las cosas que tengo que hacer antes de morir, se sorprendieron. Mi abuela fue más receptiva con mi decisión de ver la maternidad como una opción que no era la única ni la primera en mi lista, mientras que mi madre se gastaba argumentando los sentimientos que te despierta un hijo desde su concepción, que cómo la vida te cambia, que cada balbuceo y pasitos logrados son vitaminas de felicidad y que cuando te dicen 'mami' sientes que flotas. Nada de eso me convenció. Sigo pensando que no es algo que quiera en mi vida ahora y no sé si lo querré más adelante.

Las tres 'm', como nos dicen la familia y amigos, somos tres personas que llevamos la 'm' de mujeres, de María, de matrimonio, de muertes. La 'm' de maternidad para mi abuela, María Inés, se escribe con 'd' de destino; para mi madre, María Luisa, se escribe con 'r' de regalo; y para mí, la Maju, se escribe con 'o' de opción.

Poesía

Martivón Galindo

Escritora salvadoreña. Ha realizado estudios: Doctorado en Lenguas y Literaturas Hispánicas de la Universidad de California en Berkeley (1998), Maestría en Literatura Española y Latinoamericana de San Francisco State University (1990), Letras en la Universidad Centroamericana José Simeón Cañas (San Salvador), y Arquitectura de la Universidad Autónoma de El Salvador.

Ha publicado: *SOLAMOR* / Poemas (San Francisco, CA 2016), *La tormenta rodando por la cuesta/* crónicas, poemas y testimonio (San Francisco, CA 2014), *Para Amaestrar un Tigre* / Cuentos (San Francisco, CA 2012); Plaqueta de poesía en inglés, *Whisper of Dead Leaves* (San Francisco, CA 2004); editora de *From Within*, Poesía de estudiantes y catedráticos de Holy Names University (2003); editora de *Isla de Oro*, Libro de narraciones para niños de Antonia P. de Galindo (2002); *Retazos*, Poemas y prosa (1996); editora, con el escritor Armando Molina, de *Imponiendo Presencias: Breve Antología de otros narradores expatriados Latinoamericanos* (San Francisco, 1995). Sus narraciones, poemas y ensayos han sido publicados en antologías, revistas y periódicos de El Salvador y los Estados Unidos.

Es también pintora y grabadora y sus piezas de arte han sido exhibidas en Estados Unidos, El Salvador y Japón. Fue directora de CÓDICES, Centro de Investigación y Documentación de la Cultura Salvadoreña en San Francisco, CA de 1986 a 1991. Ha sido profesora universitaria por más de veinte y cinco años y desde el 2017 está retirada como profesora emérita del programa de Latin American & Latino/a Studies en Holy Names University en Oakland, California.

"TESTIGO"

Los ojos de los niños de la calle
tienen agua
mezcla de angustia y lluvia,
sorpresa y desamparo

Las luces de la ciudad
les hacen muecas
mientras su estómago
cruje y demanda una tortilla

Maternalmente miro sus caritas
sus piernas cascorvas al aire
y sigo mi camino
sin involucrarme

Con un ligero amargor
en la boca
me repito para mis adentros
unos cuantos versos

Desde mi Mercedes Benz
sin parar ni detenerme
como un simple
testigo de la vida

"CANTOS PROFUNDOS POPULARES"

Porque si hoy canto por no llorar
es para que Jalisco no te rajes
porque para subir al cielo se necesita
no enseñar lágrimas ni otra cosita

Porque el que canta, su mal espanta
yo me solazo en mis soledades
mientras digo cielito lindo que a mí me toca
no encuentro cama que de a la mía
sea más que un paso

Como sin dinero y con dinero
ganado sin el sudor del de enfrente
sigo siendo reina, mariachi adentro, bien quemada
te voy a dedicar una canción
mientras me doy la media vuelta

Y como la vida no vale nada
y la Rosita Alvírez ya se murió
distingo saber querer de pocos que saben amar
y ya el una busca llena de esperanzas
no funcionó en el camino de mis sueños

Basta de caminante no hay camino
pues yo ni hice camino al andar
les digo a los guardias de la María
no me amenacen, no me amenacen
que tengo ya los pasajes

Y como la triste todos dicen que soy
y siempre jugué mis mejores cartas al amor
me monto en un potro para que me cuenten otro
y me voy quedando sola, siempre sola
en mi sitio

"DERECHO"

La seriedad demanda
la experiencia frena
los años gritan
la imagen exige

espiga sola
el corazón sitiado
defiende su derecho

Ser ciega
en la edad de la rosa
es permitido

Ser niña
en la entrada al azul gris
no es lo debido

Y el corazón
espiga sola
sitiado
defiende su derecho

Sitiado
el corazón
defiende su derecho
¡Ah! espiga sola

"A SILVIO

¿Por qué inventaste las lágrimas de cristal?
Jugaste con estrellas y las volviste notas
y ellas -niñas traviesas- se nos metieron luego
en cuanto hueco hallaron despierto

¡Silvio!
Silvio Rodríguez
¿Qué vas a hacer si te destrozan la guitarra?
¿Pues quiénes más?
Ellos... Los perversos

Prepará ya tu campo de batalla
metete a tu instrumento
y desde su boca abierta resguardado
esperá a que esta vez
Jonás se trague a la ballena

¡Silvio!
Torero ultramoderno de este eterno ruedo
cantor de Cuba
endamado con la vida
latino - negro - mestizo - prieto

Buscate el cuerno de Roque
y cabalgá junto a él
espuelas, luna
tu voz
el látigo del cielo

Formá la nueva América
la nuestra tan soñada
de exhuberantes notas
de mágicos acordes
de múltiples punteos

Una Latinoamérica hecha guitarra
con cuerdas tensas y afinadas
lista ya al vuelo

y tú montado
rasgándole los senos

"REFLEXIÓN"

Silencio de silencios
envolvente
cruce exacto de lo que no es

Y yo
y yo
y yo

Aquí mortificada
por las respuestas no halladas
por los días vencidos
por los rencores no mitigados

Y todo es tan inmenso
y este yo tan insignificante

Natalia Gómez Linares

Nace en Bilbao1966. Completó su doctorado en Indiana University, Bloomington en 2001. En la actualidad es profesora de lengua y literatura en Grand Valley State University, en Michigan. Su primer libro, *Lur*, fue publicado en 2004 por Torremozas y en la actualidad está agotado. Sus poemas han aparecido en distintas publicaciones en Perú, El Salvador y Estados Unidos y España. Ha publicado artículos críticos sobre César Vallejo, Alejandra Pizarnik y Gloria Fuertes y participado en conferencias nacionales e internacionales. Ha sido galardonada con varias becas, entre las que se destaca el National Endowment for the Humanities. Una versión del poema "Arena y Sal" de su segundo libro *Sinfonía de silencios*, publicado en 2011, se expuso en el Museo Guggenheim Bilbao. "Arena y Sal" es parte de un proyecto artístico "Paisajes de sal" dirigido por la Dra. Jesús Cueto Puente y seleccionado dentro de la exposición del artista contemporáneo chino Cai Guo- Quiang. En 2012 Natalia participó en la antología 'Raíces Latinas, narradores y poetas inmigrantes' (Vagón azul Editores). Y el 2015 en la antología 'Exiliados, narradores y poetas inmigrantes'(Altazor). Ambas antologías fueron dirigidas por Hemil García Linares.
Natalia fallece en Grand Rapids (Michigan) en octubre de 2016 a la edad de cincuenta años tras valiente lucha contra el cáncer.
Su tercer libro *Iluntze* fue publicado de manera póstuma en el 2017.

Nota del editor: Los poemas que aquí se publican me fueron enviados de manera inédita por Natalia el 19 de octubre de 2015 y luego formarían parte del libro *Illuntze*. Pese a su enfermedad, Natalia siguió escribiendo con firmeza y se despidió rodeada del amor de su familia y amigos. Con respeto hacia mi amiga y mentora Natalia Gómez Linares, la autorización de la familia y previa consulta a su editora, los poemas han sido publicados tal y como los envió nuestra querida poeta vasca.

Selección de *Iluntze* (libro inédito)

A escondidas...

Te enseñan a vivir desde niño
pero nunca aprendemos a morir.
Quizá por eso te tenemos tanta desconfianza
quizá porque a veces vienes despacio
te cuelas sin permiso
y habitas a escondidas.

No recuerdo haberte llamado
o tal vez, sí lo hiciera.
Tal vez fue el desasosiego
el que te abrió la puerta
sin reparar quién venía.

Suspendido estás ahí oculto,
jugando a un escondite sin reglas
y haciendo trampas con la vida.

Caligrafías

Se recuesta a la mañana
en el molde de su ser.
Inmóvil, deja que los rayos
den vueltas en los versos
cosidos a su piel.

Cierra los ojos y recuerda
las palabras en un papel sin caligrafía
donde líneas y sonidos bailan
sin miedo, sonríen al despertar
y preguntan por qué.

El Okupa

No siempre podemos embargar al miedo
que asalta y azota el presente.
Se queda porque dice que es okupa
de un espacio huérfano de humanidad.

Hospedaje

Entraron a mi casa y me robaron
las ventanas de la mañana
luego me hurtaron uno tras uno los cimientos.

El techo quedó derrumbado
en el árido suelo del deseo
tan sólo quedan ruinas de lo que era.

Desdoblo los pensamientos
para sentirme buscada
o tal vez, necesitada.

En ese gesto casi cotidiano
casi juguetón, te confío
que tengo temor a lo que encuentro.

Me observo en un hueco extraño
que anda taciturno, tembloroso
al abrirse a la caricia del inquilino.

Es un nuevo hogar donde albergo
porque no me reconozco
y tan sólo soy huésped de su destino.

Mi tiempo

Sólo tiene un año de vida en el bolsillo
acaba de escuchar sentenciada.
Mete la mano en busca del tiempo
y tan sólo haya un agujero deshabitado.
Quizá no encuentre al tiempo porque su vida
no está enzarzada en la materia de las horas.
Ella cree en un calendario
y le cuenta a la mujer de blanco
que sus días no está encerrados
por el curso del futuro.
Sus días tocan añicos
de alma que retienen el devenir
porque para ella sólo está
el hoy no el mañana.

Vladimir Monge (1967, El Salvador)

Estudió Ciencias de la Educación en la Universidad de El Salvador y la Universidad Nacional de Costa Rica. Ha Publicado los libros de poesía "Pasajeros en el Tiempo/Passengers in time" (Bilingüe, CBH Books 2007) y Voces y Huellas (Círculo Rojo, 2012). Su poesía ha aparecido en la Revista Ventana Abierta (Universidad de California en Santa Bárbara, Centro de Estudios Chicanos), en la Antología "Al Pié de la Casa Blanca: Poetas hispanos de Washington, D.C. publicada por la Academia Norteamericana de la Lengua Española (2010) y en el Segundo Índice Antológico de la Poesía Salvadoreña (Índole Editores/Editorial Kalina, 2014) entre otros. Reside en el estado de Maryland, Estados Unidos.

Centroamérica mía

Sigo aquí
como un a simple hoja seca arrastrada por el río
mientras el mundo parece caminar indiferente
a estas heridas que vibran enrojeciendo mi carne.

Voy Partiéndome poco a poco en mil pedazos.
Intento acomodarme en los recodos de tu recuerdo
agarrarme de tus raíces
extender mis manos húmedas hasta tocar tu fuerza
y salvarme de perecer
antes de haber ofrecido mi último esfuerzo
mi última palabra.

Caundo la orilla del cauce me ofrezca tu tierra
la besaré y la abrazaré en silencio
Caminaré sobre ti
buscándote
queriéndote
sintiéndote por siempre mía
Centroamérica.

Preguntas inciertas

Vivir, ser, ¿qué es?
Añorar, recordar, imaginar o soñar?

Perdonar, matar, flotar
avanzar silenciosamente
pensando que el mundo algún día
Ssrá un lugar justo para vivir
gracias a Santiago de Chile,
Wall Street o tal vez Washington, D.C.?
No lo sé.

En mi calle los vagabundos deambulan
y en mis países latinos
la misereia de ayer sigue hoy sin piedad.
Que puedo esperar?
una rosa, un milagro?
O un discurso de un político derechista jóven
educado en Georgetown?
No sé.

Tal vez es tiempo del regreso.
Encontrarme a mi mismo
en una pequeña población de mi patria
y palpar la verdad, mi verdad,
el camino a mi propia libertad.

Gota de lluvia

Mi vida hubiera sido como una gota de lluvia
corriendo por la ventana.
Se hubiera por fin perdido o diluído sobre los tejados o los riachuelos
o se hubiera parado al final, desafiante,
sobre una hoja sencilla o sobre una palma de coco a la orilla del mar;
pero no fue así.
y no fue así por tus ojos.
porque de pronto me viste, me sonreíste
y así detuviste mi destino de lluvia.

Mi vida hubierea sido como una gota de lluvia;
nadie en mí se fijaría
como nadie dudaría de mi mojadéz
Pero tu me viste desde que estaba en las nubes.
Desde entonces, desde entonces
no fui una simple gota de lluvia.

Cinco mil pies cuadrados

Cinco mil pies cuadrados!
Como si estas manos fueran simples extensiones metálicas
absurdamente invulnerables a las horas.

Cinco mil horas de agachar la frente y fregar los pisos
sacudir el polvo y limpiar la mierda
mirando de reojo sus impecables oficinas

Cinco mil horas de caminatas invisibleds por el centro de la ciudad
sin saber si existes
o si simplemente eres un espejismo de la noche bailando con el trapeador.

Cinco mil pies cuadrados de movimientos calculados
de rendimiento programado
de uniformes desgastados
y atardeceres ignorados en el concreto y la oscuridad.

Cinco mil millas de distancia del lugar de mi esperanza
donde el amor de los míos una vez me cobijó.

Cinco mil remesas amasadas
con el sudor de la espalda mojada
con la vida entrecortada
soñando un día regresar.
Y pasan cinco y luego diez
quince años pasan y veinte después
y no hay final que se vislumbre
ni cambio
ni dolor que se pregunte
cinco mil remesas después.

Carlos Parada-Ayala

Es autor del poemario, *La luz de la tormenta/The Light of the Storm* y ha recibido el premio Larry Neal de poesía en Washington, DC. Es co-editor de la antología bilingüe *Knocking on the Doors of the White House: Latina and Latino Poets in Washington, DC* (Zozobra Publishing, Maryland, 2017). Con la versión en español de esta antología, *Al pié de la Casa Blanca: Poetas Hispanos en Washington, DC*, publicada por la Academia Norteamericana de la Lengua Española (2007), la Biblioteca del Congreso celebró cuatrocientos años de poesía escrita en español en Estados Unidos. Sus poemas han aparecido en antologías y revistas culturales e internacionales y forman parte de la serie *The Poet and the Poem* de la Biblioteca del Congreso de Estados Unidos. Parada-Ayala tiene licenciatura en literatura hispanoamericana y maestría en educación. Fue co-fundador del grupo cultural y literario ParaEsoLaPalabra y fue miembro del colectivo literario Alta hora de la noche.

POEMA DEL CANSANCIO

A Roque, César, Pablo,

Naomi y Arturo.

Sucede que me canso de ser prófugo.

Sucede que me canso del exilio,

de la falta de papeles.

De ser ilegal me canso.

Sucede que me canso de ser dólar,

de ser remesa,

de ser hermano lejano.

De las deportaciones me canso.

Sucede que me canso de ser

arrimado,

mendigo,

marihuanero,

guanaco hijo de la tal por cual.

Sucede que me canso de ser Roque,

de ser César,

de ser Pablo.

De ser Carlos me canso.

Sucede que me canso de ser arma,

de ser mara,

de ser guerra,

de ser país del homicidio.

Sucede que me canso del secuestro.

Sucede que me canso de ser asesino en las primeras planas

del Washington Post,

el New York Times,

La Prensa Gráfica,

El Diario de Hoy.

Sucede que me canso de esta cruz en que nací clavado.

Sucede que me canso de ser Cristo y punto.

Sucede que me canso de ser jornalero.

Sucede que me canso de ser ladrillo,

plato,

escoba,

canción de cuna,

piso.

Sucede que me canso de ser prostituta.

De esta cumbia tenaz que bailo desnuda en los bares me canso.

Sucede que me canso de mi lengua

de mis ojos,

de mi piel,

de mi acento.

De estas palabras me canso.

Sucede que me canso del camino,

de los trenes,

del coyote,

de la noche,

el muro,

y la frontera.

Sucede que me canso de este afán de ser poeta.

Hasta de la poesía misma me canso.

Sucede que me canso de los presidentes,

de los expertos en mi tierra,

de sus tanques de pensamiento,

o sus centros de análisis,

de sus arsenales

y sus guerras me canso.

Sucede que me canso de Arizona,

de Prince Williams,

de Loudon County,

de San Salvador

y de Washington me canso.

Sucede que me canso de ser hombre,

de ser hembra,

de ser hambre.

Sucede que me canso de suceder.

Sucede que me canso del cansancio.

Sucede que me canso de ser.

De esta conciencia que me mata me canso.

BALLENA

Las casas caen convertidas en astillas.
Las palmeras se derrumban
como fósforos quemados.
El cielo explota y se hace añicos
esparciendo gotas que descienden como balas.
El sol se ha rajado escupiendo rayos,
truenos mudos de una luz perdida en la vía láctea.

No ha quedado nadie.

Todos han huido desterrados por las sombras.
Seco, el maremoto lanza sus terribles aletazos.

Abro los ojos. Me ausculto.

Mi corazón avanza cual ballena
a la deriva en tierra firme.
Y yo, solo en el centro del mercado,
no soy más que un iracundo cazador
afilando los arpones fríos
de una interminable y vil melancolía.

SAL DE LA POESÍA

A M. Grimaldi

¡Ay de quienes no guardan un bestiario…!

Alvaro Mutis

La luna ya no toca con su cuerno de pirata.
Tuerta, la noche bate su reflejo por las ondas del remanso.
Vos, panza abajo, en el laberinto del ramaje,
escalás los nudos de los sueños
cual garrobo en trance, hipnotizado.
Sobre el agua pulula tu imagen
de reptil-anfibio que se monta
por la grupa de la luz cobriza.
Cuando el silencio ha puesto fin a su discurso,
sos testigo del lucero que se precipita
por el vasto terciopelo de la noche.
La brisa es el plumaje con que alzás el vuelo
sobre bosques de almendros y maduros jocotales,
hasta los acantilados donde bate el mar su piel salada.
La voz marina con su trago grande de angustia
te convoca en las fauces de las grutas.
Las caracolas se derrumban
sobre los cangrejos ermitaños
y la muchedumbre de murciélagos
se estremece sorprendida.

Garrobo alado, niño bobo, aventurero:

¡Sal de la poesía!

FOTOGRAFÍA

"Es que a ti sólo se llega por tu luz". – Pedro Salinas" … la lámpara en la
noche siente la necesidad de iluminar las tinieblas". – O. A. Romero

Marzo no llegó oscuro y ordinario
como yo me lo esperaba.
Amaneció su rostro
con fragancia de narciso,
terso como rosa de azafrán.
Voz azul de pájaro precoz
desnuda en la palabra,
los vitrales de un templo
iluminaron el perfil de tu presencia.
Frente al lente, yo.
Y tu halo apareciendo repentino
en el instante en que el tacto
hizo rebotar la luz en los espejos
escondidos de tu pecho.
He ahí la imagen o afecto
que quedó grabada
en el relieve de un instante.
Hubo pájaros de luz
en marzo que volaron
en la voz de tu mirada.
Y con ellos no hay oscuridad,
tampoco hay silencio.
Canto por la luz
que iluminó mis labios.
Vuelo por la luz
que se encendió en mis brazos.
Sí. Lo juro.
Marzo no llegó oscuro y ordinario

como yo me lo esperaba.

HUELLAS DESTEÑIDAS

Me dispongo a hacer viruta
con el tedio cotidiano de la calle Irving
confesando mis pecados
al niño Dios de los pañales desechables.
Hago maromas con la esfera de las horas
huyendo de la sombra carcomida de los titulares.

Los cuerpos celestes de tu imagen
danzan valses con las sandalias
desgastadas de mi soledad.

Debes saber que estos desvaríos
son un monumento
onírico a tu ausencia:
En el rostro de la Santa
hago mío el éxtasis
barroco del creador.
Toma nota el éxtasis es mío.
Los ojos de la ausencia, tuyos.

¡Ah! Nuestras hijas han crecido
y han volado con las alas del planeta.
Año tras año los presidentes
suelen incendiar esta ciudad,
año tras año los cerezos
bañan los escombros
con un manto de ternura.

Date cuenta,
a pesar de esta ciudad
de todos los caminos,
supe encontrar algunos versos
en las huellas desteñidas de tu ausencia.

Ensayo

Miguel Chirinos

Nace en Caracas, Venezuela en 1967 pero crece en la ciudad heroica de La Victoria, Estado Aragua, al noroeste de Venezuela. Aunque la carrera de Chirinos esta relacionada a la Computación, él estuvo siempre buscando las oportunidades de visitar los sitios históricos de su país, especialmente relacionados con el Libertador Simón Bolívar.

Aunque Chirinos su muda con su familia a los Estados Unidos en 1996, su pasión por la vida de Bolívar nunca cesaría. Tomó especial interés en el viaje de Bolívar a los Estados Unidos en 1807, específicamente a la costa este. Como resultado de esta investigación se convierte en autor de un libro titulado "Simón Bolívar en los Estados Unidos: Bicentenario de su Visita (1807-2007)." El propósito de esta obra es de informar en detalle de un episodio de la vida de Bolívar cuando visitó brevemente a los Estados Unidos.

En el 2009, Chirinos participó en la Feria del Libro en Cary, NC presentando su libro en sus dos versiones (inglés y español). También, él ha estado viajando e investigando acerca de la ciudades y pueblos de nombre Bolívar; así como estatuas y monumentos de El Libertador en los Estados Unidos. En el 2011, organizó una exhibición llamada 'Bolivar Blvd' en una galería de la Universidad de Duke.

Visita de Simón Bolívar a los Estados Unidos en 1807

La visita de El Libertador Simón Bolívar a los Estados Unidos es un episodio de su vida poco divulgada o incluso omitida en algunas de sus principales biografías. Esta travesía comienza cuando se embarca en el puerto de Hamburgo en un navío neutral hacia los Estados Unidos a principios del mes de octubre de 1806.

En esa época, estos viajes trasatlánticos podían tomar casi hasta tres meses. Bolívar, un joven de 23 años, despreocupado de sí y más preocupado por viajar acompañado de su sobrino Anacleto Clemente Bolívar, de apenas 13 años. Su prima Fanny du Villars preparó su equipaje con gran esmero, seleccionando personalmente los libros para tan largo viaje. En ocasiones, Bolívar dejaba pasar el tiempo fumando y leyendo novelas del escritor francés Nicolas Restif y Crebillon.

Bolívar desembarca en Boston a finales de 1806. Durante el viaje había convalecido de algunas fiebres y ahora tenía que soportar el inclemente frío del invierno norteamericano. Decide descansar allí y recuperarse por algunas semanas. Boston era el puerto más importante de Nueva Inglaterra y donde tuvo origen la historia independentista de los Estados Unidos.

Bolívar tránsito por los alrededores de la ciudad y pudo visitar por ejemplo la Plaza Franklin que, con sus siete puentes, comunicaba la ciudad con los suburbios. Estaba gratamente impresionado por los edificios construidos de ladrillos de innumerables colores, las calles cuidadosamente pavimentadas, la magnitud de los edificios públicos y la asombrosa capacidad de la Casa de Intercambio del Té y el Café, ¡el cual tenía más de doscientas habitaciones!

Boston se había convertido en la capital de Massachusetts y era la ciudad más grande de Nueva Inglaterra. En treinta años desde la independencia, ya era el estado más poblado de la Unión y era con certeza la colonia norteña más aristocrática de la nación.

También tuvo la oportunidad de escuchar historias sobre uno de los padres fundadores de la patria de nombre Benjamín Franklin. Simón Bolívar nace

161

en Caracas en 1783, casi al mismo tiempo que Benjamín Franklin y John Adams hacían los acuerdos del tratado de paz que establecieron la independencia de los Estados Unidos.

Bolívar continuó su viaje hacia Nueva York. En esa época, unos pocos caminos conectaban a las grandes ciudades, pero viajar en ellas era difícil y tomaba mucho tiempo. En ese entonces, viajar de Boston a Nueva York tomaba más de una semana.

Nueva York era la misma ciudad donde un año antes, otro notable patriota venezolano de nombre Francisco de Miranda (1750-1816), había organizado una expedición con voluntarios franceses, ingleses, irlandeses y, en su mayoría, norteamericanos, para liberar las colonias españolas. Desafortunadamente, su misión no se concretó porque fue interceptado por las tropas españolas en las costas de Venezuela.

Sin embargo, Bolívar nunca olvido la hazaña de Miranda. En los próximos tres años desde la expedición de Nueva York, pensaba en tan distinguido y noble guerrero, con el amor por la libertad sepultado profundamente en su alma. Luego de la fallida expedición, Miranda regresó a Londres, donde se reuniría con Bolívar durante una misión diplomática en 1810.

Describió el historiador Mier-Hoffman la visita de Bolívar a Nueva York: *"Bolívar estaba realmente impresionado con las edificaciones de hasta de más de diez pisos, con las avenidas, grandes puentes, teatros, parques de vapor, universidades, hospitales, grandes embarcaciones ..."* Por cierto, Bolívar se percató de la presencia de los barcos a vapor en Norte América. Fue el ingeniero náutico Robert Fulton quien adquirió la fama por esta invención y quien las haría más prácticas. Luego, estas embarcaciones navegarían por el Río Hudson.

En el estado de New Jersey, Bolívar tuvo la oportunidad de visitar los lugares donde se llevaron a cabo algunas batallas durante la Revolución Americana. Como militar y al igual que Miranda, siempre estaría interesado en conocer las estrategias militares utilizadas durante la guerra. Posterior a la revolución, se llevaron a cabo en New Jersey algunos cambios políticos y sociales. Se encontraba entre los estados que permitía a las mujeres y a la población negra libre el derecho al voto. Permitiendo además que fueran propietarios de ciertas extensiones de tierras.

Al continuar su viaje hacia Filadelfia, Bolívar describió los caminos como 'desesperanzadores y pantanosos'. El principal puente sobre el Río Delaware se inauguró en 1806, haciendo posible a la gente viajar desde Filadelfia hasta New Jersey, a las orillas del Río Delaware. New Jersey estaba apartada de New York por el Río Hudson y de Filadelfia por el Río Delaware. La mayoría de los viajeros del siglo XVIII cruzaron estos dos principales canales marítimos por ferry, el cual había comenzado a operar desde inicios de 1700.

Al llegar a Filadelfia, Bolívar contaba con pocos recursos económicos y tuvo que esperar para recibir dinero desde Caracas. Para eso contaría con la ayuda de Manuel Trujillo y Torres (1762-1822), un patriota venezolano y estudiante de filosofía, quien había formado parte de una conspiración para derrocar el gobierno hispánico-colonial de la Nueva Granada (actualmente Colombia), en 1794. Forzado a huir del país suramericano, dejó atrás a su familia y encontró asilo en los Estados Unidos. Años después, Trujillo se convertiría en el primer embajador de la Gran Colombia en Norteamérica durante la presidencia de James Monroe (1817-1825).

Bolívar se traslada con su sobrino Anacleto Clemente Bolívar, hijo mayor de su hermana María Antonia Bolívar y el General Pablo de Clemente, a la escuela solo para varones donde fuera aceptado de nombre Germantown Academy, la cual fue fundada en 1759. Por cierto, el hijo adoptivo del General Washington, llamado George Washington Parke Curtis, también fue estudiante de esta prestigiosa institución educativa.

Luego Bolívar tendría la oportunidad de reunirse con personas que habían participado en el proceso independentista y que además formaban parte de la Masonería Americana. Bolívar se había iniciado como Masón en Cádiz, España. La Francmasonería es la orden fraternal más antigua en el mundo, existiendo por más de 800 años. De acuerdo con la tradición masónica, sus practicantes pueden buscarse entre ellos para asesorías, colaboración, solidaridad y apoyo mutuo.

Filadelfia había sido capital de la nación hasta 1800, pero todavía mantenía la influencia política y por supuesto histórica. Era una de las ciudades más pobladas del país, que se destacaba por su gran diversidad. Allí Bolívar encontraría una pequeña colonia de revolucionarios latinoamericanos que vivían en el exilio. Entre ellos había algunos venezolanos como su cuñado Lino de Clemente, Manuel García de Sena, Manuel Palacios Fajardo, Manuel Trujillo y Torres, Mariano Montilla, Juan Paz del Castillo, Juan Germán Roscio, Pedro Gual y José Manuel Villavicencio, quien haría la primera traducción al español de la Constitución de los Estados Unidos en 1810.

Desde Filadelfia a Baltimore, había casi 130 millas de distancia. Se cree que Bolívar adquirió un boleto para cubrir este recorrido en un carruaje ¡por menos de tres dólares! A finales de 1700, Baltimore se convirtió en el principal puerto del estado de Maryland. Debe su importancia a su ubicación estratégica, en el área de la Bahía de Chesapeake, el cual fue escenario de batallas navales durante la Revolución Americana. Con el tiempo, se convirtió en la puerta marítima hacia el norte como puerto de embarco de tabaco y por su cercanía a la producción de hierro y acero de Pennsylvania y a la principal producción avícola del sur. Las calles del antiguo Baltimore presentaban una pintoresca perspectiva de las casas de ladrillos rojos con escaleras de mármol, pero al igual que muchas de las antiguas ciudades de América, comenzó a aparecer ilegible, anticuada y sórdida.

Otro ilustre venezolano, conocido como Simón Rodríguez, se había residenciado en esta ciudad unos años antes. Simón Rodríguez (1769-1854), fue un prominente filósofo y educador y entre sus pupilos contaba con el futuro Libertador Simón Bolívar. En 1792, Rodríguez inició sus lecciones al momento de fallecer la madre de Bolívar y posteriormente se convertiría en su tutor.

Luego, Rodríguez fue involucrado en la fallida conspiración de Gual y España en contra del Reino Español y es forzado a abandonar su natal Venezuela en 1797.

Primero llega a Jamaica y luego decide ir hacia los Estados Unidos, haciéndose llamar Samuel Robinson (inspirado en el personaje Robinson Crusoe, el náufrago de la novela de Daniel Defoe). A mediados de 1797, Rodríguez se encuentra en Baltimore aprendiendo sobre las artes gráficas. Luego se desempeña tipógrafo y mejora sus destrezas en la elaboración de libros. Se cree que también dio lecciones privadas de francés e inglés. A finales del año de 1800, Rodríguez viajó a Europa por su devoción a la Revolución Francesa y a uno de los grandes pensadores de mayor influencia en la época de nombre Jean-Jacques Rousseau. Fue Rodríguez en París quien le sugiere a Bolívar que visite los Estados Unidos en 1805 y también quien le recomienda la escuela para su sobrino.

En camino hacia la ciudad de Washington desde Baltimore, Bolívar recordó su mítico juramento en el Monte Sacro, en Italia, junto a su maestro Rodríguez. Aún no se veía como un gran líder a sí mismo. El solamente determinó que lo lograría por mano propia, para conquistar por completo la causa de libertad de su nación.

La ciudad de Washington que Bolívar conoció estaba en plena construcción para mediados de marzo de 1807. Se caracterizaba por la gran humedad, áreas infectadas de mosquitos, animales rumiantes de haciendas cercanas merodeando libres y más caminos fangosos que atractivos bulevares. Una calle amplia y larga llamada la Avenida Pennsylvania, que llevaba desde el inconcluso Capitolio (aún sin la cúpula) hasta la Casa Blanca, la cual todavía no contaba con luz eléctrica. Además, unas pocas construcciones de elaboración barata y unas pensiones incómodas, comprendía la ciudad.

En los alrededores del Capitolio pudo conocer algunos prominentes políticos de la nación. Muchas de estas conversaciones pudieron haber sido en francés, el lenguaje diplomático de la época. Bolívar además de francés e inglés, también hablaba italiano y aunque también podía leer algunos clásicos de la literatura en latín y en griego, este preferiría las traducciones al francés. Se piensa que James Monroe aprendió español para alistarse en una misión diplomática para negociar el territorio de la Florida en 1805.

Mientras tanto, la Casa Blanca tenía como residente a uno de los hombres más brillantes de la política norteamericana, Thomas Jefferson (1743-1826). Bolívar llegaría para su segundo término y no se tiene la certeza de si se conocieron personalmente. Previamente, el presidente Jefferson había conocido a Francisco Miranda en 1805, siendo este el primer latino en visitar la Casa Blanca.

Bolívar también tuvo conversaciones con ciudadanos privados y prefería que fueran historias de la Revolución Americana. Pero algo que captó su atención eran las famosas expediciones comisionadas por el presidente Jefferson. Una de ellas fue la expedición de Meriwether Lewis y William Clark, para explorar el territorio entre el Río Missouri y el Océano Pacífico en 1804. También escucharía durante su visita del explorador Zebulon Pike, quien descubrió el pico de las Montañas Rocosas (hoy territorio de Colorado). Todo esto le fascinaba ya que Bolívar había tenido la oportunidad de conocer y hablar en varias ocasiones con el Barón Von Humboldt en Francia. Humboldt estuvo explorando varios territorios en Suramérica, incluyendo Venezuela, quedándose en Casa de la familia Bolívar en Caracas. Humboldt también tendrá la oportunidad de compartir sobre estas exploraciones con el presidente Jefferson, atendiendo a una invitación a la Casa Blanca mientras este se encontraba de visita en Cuba en 1804.

Prosigue su viaje hacia Virginia, mejor conocida como la 'Madre de los Estados', debido a que durante el tiempo de la Colonia –West Virginia, Kentucky y Tennessee- fueron moldeados de una tierra originalmente reclamada por Virginia. Por cierto, que los primeros colonos llegaron a sitios conocidos como Jamestown y Williamsburg. Además, muchos de los primeros líderes y fundadores de la nación provienen de este estado.

Como militar, Bolívar sentía una gran admiración por el Gral. George Washington (1732-1799) y después como estadista por sus ideales republicanos. Por eso decide visitar Mount Vernon y es recibido allí por George Washington Parke Curtis. Se dice que Washington fue la espada de la Revolución Americana; el notable Thomas Jefferson, quien redactó y escribió la Declaración de la Independencia, fue la pluma y el elocuente Patrick Henry, fue la voz. Pero en la Revolución sudamericana, Simón Bolívar se convertiría en la espada, la pluma y la voz, ¡y todo casi al mismo tiempo!

Continúa su viaje por las Carolinas, pero se daba cuenta de que cada vez era más lento. Los viajes en el norte eran a veces en carruajes y podía hablar con sus ocupantes para que fuera menos aburrido. Se podía avanzar entre veinticinco a cincuenta millas por día, si las condiciones climáticas así lo permitían y los caminos definitivamente estaban en mejores condiciones que en el sur. Por eso, la mayoría prefiere navegar para llegar hasta Charleston, Carolina del Sur o Savannah, Georgia.

En esa época, en las costas este de los Estados Unidos existían apenas doce faros y los sistemas de navegación eran aún muy incipientes. Simón Bolívar escuchó que las costas de las Carolinas le llamaban el 'Cementerio del Atlántico', por las fuertes tormentas y huracanes que azotaban la zona. En 1811, su hermano mayor, Juan Vicente Bolívar, después de formar parte de una misión diplomática en Washington, se embarca de regreso a Venezuela. Desafortunadamente, el buque 'San Felipe Neri' naufragó frente a las costas de Carolina del Norte y las Bermudas. Sus restos nunca fueron encontrados.

Al llegar finalmente Simón Bolívar a Charleston, Carolina del Sur, se encontraba enfermo. Padecía nuevamente de fiebres y de cansancio acumulado por los casi seis meses de viaje. Afortunadamente, el Señor Thomas Cormick, residente de Charleston, le brindó su amistad y lo atendió en su casa. Fue entonces cuando Bolívar fue presentado a una familia de linaje en Charleston de origen irlandés-hispano de apellido Morphy. Don Diego Morphy era el cónsul español estacionado en Charleston desde 1795 y sería quien haría los arreglos necesarios para el regreso de Bolívar a Venezuela.

Definitivamente, los Estados Unidos marcaron una profunda impresión en Simón Bolívar. Años más tarde declarará: "Durante mi visita a los Estados Unidos, he visto la libertad racional por primera vez en mi vida." También haría una reflexión diciendo: "Allí están las trece colonias británicas que lucharon en la Guerra de Independencia Norteamericana. ¿Por qué deberían sentirse los latinoamericanos menos que los norteamericanos? Allí están ellos como el gran ejemplo."

Una vez que Bolívar arribó a Venezuela en el verano de 1807, se incorporó al movimiento independentista que ya empezaba a gestarse desde México hasta Argentina. Pasarían muchos años de luchas y sangrientas batallas para consolidar la independencia del norte del Sur América y recibir el título de 'El Libertador' o como también lo llaman los historiadores americanos 'El George Washington de Sudamérica.

Otros títulos de la editorial:

- *El azul del Mediterráneo, un viaje ancestral*
- *Sesenta días para abandonar el país*
- *Antología de narradores peruanos en E.E.U.U. (noviembre 2019)*